あらい ひふみ・第25號作品

東京閱讀男女

新井一二三
解開創作者的祕密花園

〈序〉書架是祕密的花園

新井一二三

很多不可告人的事情，其實在書本裡寫得一清二楚；我是十四歲的夏天，在新宿區立中央圖書館書庫的昏暗安靜通路上發現了這個道理。

當時我暗戀一個男同學，看到他影子就心跳口渴，不知所措之餘，跑進書庫裡，找找書背上寫著戀或愛的書要拿來參考。果然從司湯達的《戀愛論》到弗羅姆的《愛的藝術》，從浪漫電影《愛的故事》之原作到保守派人生指南書《為誰而愛》，書架上擺著古今東西名作家寫的戀愛論。翻著翻著，十四歲的我得知：從古至今，不分膚色、階級、年齡，好多人都為戀愛而煩惱過。就這一點而言，我儘管多麼痛苦，至少絕對不孤獨。弔詭的是，那些既可以說是自然又可以說是傳統的種種問題，如果在下課後的教室裡，或者在吃完後的飯桌邊，隨便開口說出來的話，難免讓人尷尬的。也就是說，連在親朋好友之間都不方便談論的私密、搞不好要被譴責為不道德的慾望，白紙黑字印出來說不定倒是永恆真理了。

好孩子們也許不知道，但是古今中外很多作家其實都是壞蛋，他們寫下了很多善良市民連想像都不敢想像的事情，而且他們的書往往被奉為經典名作。看看日本近代文學裡，一貫人氣最高的太宰治吧。他不光是在現實生活中重複企圖雙重自殺到最後真的雙雙殞命，也在自傳體小說《人間失格》裡寫到了許多普通人不敢面對的人性弱點，而那一本果然賣六百萬冊以上，是在日本歷史上最暢銷的書！究竟為什麼？因為他寫出來了人性真實的一面。因為作家替大家解剖人們壓抑到下意識去的「骯髒衣服」。

善良市民的生活中，不可以說出來的範圍實在很廣。不僅關於情色男女，凡是違背四維八德的事情，都得儘量迴避。其中對不孝言行的忌諱，折磨很多成長中的青少年，因為對父母的所做所言，如果提出異議來則會被視為叛逆、不孝。結果他們在心靈上的創傷很難得到治療。近年由北美傳來「兒童虐待」的概念，東方國家社會也才開始分別打罵孩子和家教了。我自己在青春時代，閱讀瑞士籍幼兒心理學家愛麗絲・米勒的著作，如《幸福童年的祕密》、《都是為你好》等，一方面是大開眼界，好比在書架上發現了一個大祕密，另一方面卻戰戰兢兢，因為揭開父母對孩子在精神上的虐待，在當年還不大開放的日本社會，幾乎等於宗教上的冒瀆行為。

由我看來，小說的魅力之一就是把不可告人的祕密白紙黑字地寫下來，教人看著心中大喊：對啊，對啊，就是這樣子了！例如，本書收錄的日本「駄目男」（差男人）小說系列，佐藤愛子的《晚鐘》和原田舞葉的《你是某人的心愛》等，都違背一般人對日本男女關係的印象，篇篇是能幹女人養活「駄目男」的故事，其中《晚鐘》更是根據作者大半生親身經歷的。她們為何那麼做？對岡本加乃子《老妓抄》的女主角來說，可以說是愛好吧。山田詠美的《賢者之愛》則可以說是一種思考實驗吧。但是，年邁九旬的佐藤愛子，把給她添了幾十年麻煩的前夫寫成了長篇小說以後，在後記裡居然說道：**這個不現實而不可思議的男人，我寫了多少也不可理解，反之越寫越不可理解的；在刀折矢盡的心情中，我終於達到了「不可理解也好」、「就是不可能理解嘛」的境地；是否世上沒有真正的理解這回事？是否根本不可能而只好「默然接受」？**

一個九十多歲的大作家，豈不像極了在新宿區立中央圖書館書庫裡迷路的十四歲女孩？所以，這本書，本來可以題為《女作家為何愛上『駄目男』？》，但是，鑑於書本愛隱藏祕密的本質，還是另取標題為好。何況書中談論的，不只是女作家和「駄目男」的關係，還有母女之間（佐野洋子、水村美苗）、父女之間（森茉莉、幸田文）、父子之間（東山紀之、小熊英二）、作家和讀者之間（村上春樹）、日本和西方之間（永井荷風、乃南朝）、過去和現在之間（中島京子、田中康夫）、日台之間（吉田修一、溫又柔、東山彰良）等等，五花八門的關係。

書架上擺的種種書，猶如花園裡的種種花兒，五光十色，而一個一個都隱藏著祕密。歡迎你來到日本文學的祕密花園。我希望你會在書中發現「從來沒聽說過」的，或者心中要喊「對啊，對啊，就是這樣子了！」的，總之就是不可告人的人生祕密。

【序】書架是祕密的花園——新井一二三

第一部 曾經是我所愛的你，究竟是什麼人？

012・「駄目男」小說(1)——原田舞葉《你是某人的心愛》
018・「駄目男」小說(2)——織田作之助《夫婦善哉》與佐藤愛子《晚鐘》
024・愛養美男子的女作家——岡本加乃子《老妓抄》
031・痴人和賢者之愛——谷崎潤一郎的《痴人之愛》與山田詠美的《賢者之愛》
035・女性情慾之門——林芙美子《浮雲》與桐野夏生《又怎樣》
040・不自認的女性主義文學——桐野夏生《擁抱的女人》
044・女性主義惹上了右派——上野千鶴子《國家主義和性別》

第二部 女作家情結

050・打開了日本文學界潘朵拉盒子的一本書——佐野洋子《靜子》
057・少女與惡魔之間——森茉莉《奢侈貧窮》
066・日本「女兒文學」的開創者——幸田文《廚房記》

第三部　男作家的人生主題

072・從基層來的明星——東山紀之《川崎之子》
077・一個小說家的誕生——多利安助川《山羊島的藍色奇蹟》
082・作為安魂曲的小說——伊藤正幸《想像收音機》
086・世界級作家與他的老讀者——村上春樹《沒有色彩的多崎作和他巡禮之年》
090・山東大熊的修學旅行——王瑞智《東國十八日記》
095・日本庶民的口述歷史——小熊英二《活著回來的男人》

第四部　共同擁有的昔日回憶

102・日本第一代個人主義者——永井荷風《美利堅物語》《法蘭西物語》
108・那三角紅屋頂房子——中島京子《東京小屋的回憶》
114・東京慰安所——乃南朝《星期三的凱歌》
119・日本製造的保母——花森安治《生活手冊》
124・小說家的預言——田中康夫《三十三年後的不由得，水晶樣》

第五部 他們用日文寫台灣

134・新時代日台文學——吉田修一《路》
137・用日文寫小說的台灣人——溫又柔《來福之家》
146・台灣外省版《麥田捕手》——東山彰良《流》

第六部 小說即人生，甚至更離奇……

152・神道式整理法迷住美國人——近藤麻理惠《怦然心動的人生整理魔法》
156・日本的貧困書寫——NHK採訪組《女性貧困——新連鎖的衝擊》
165・自費出版——林真理子《我的故事》
168・老老與認認——有吉佐和子《恍惚的人》和中島京子《漫長的告別》

附錄

178・文學是少女的庇護所——張愛玲《心經》和水村美苗《母親的遺產》
181・外省第二代的心路歷程——在日本看朱天心《三十三年夢》
186・我如何成為了中文作家——二〇一五年七月十九日，香港書展演講稿

第一部

曾經是我所愛的你，究竟是什麼人？

女（おんな）

「駄目男」小說（1）

——原田舞葉《你是某人的心愛》

日文裡，「駄」（念da）字有「差、粗、劣」等意思。「駄馬」是「劣馬」，「駄菓子」是「粗點心」，「駄洒落」是「無聊的笑話」。說「駄目」（dame）則是意味著「無用、不行、沒出息」的形容詞，乃「大丈夫」（daijobu）的反義詞。

二〇〇〇年，日本名門一橋大學畢業的女性漫畫家倉田真由美，在《SPA!》週刊上開始連載《駄目男女伴》（日文原名叫〈だめんずうぉーかー：念Damens Walker〉，乃日文「駄目」加上英文「men」），談的包括她本人在內，專門搞上「駄目男」的女性們。作品很受歡迎，連載持續了十三年，共二十冊單行本出版，總銷量超過兩百萬本，另外也改編成電視劇、舞台劇和動畫片。中譯《喜歡無賴男》譯得沒錯，只是《駄目男女伴》獨創之處，或說新鮮之處，在於作者辱罵「駄目男」的同時，也以批判的眼光看自己：我怎麼始終搞上這種男人？

「駄目男」與其說是壞男人，倒不如說是差男人：沒錢、花心、老吹牛。這不是「男人不壞，女人不愛」的故事，而是「男人差勁，女人上癮」的境地。「駄目男」基本上是吃軟飯過日子，為人極其不可靠。所以，老搞上「駄目男」的，只能是有本事的女性。怪不得始祖倉田真由美（一九七一年生）是名門一橋商學院的畢業生，否則一個女孩子家在重男輕女的日本社會，怎能養得起一個接一個「駄目男」？

其實，在日本當代文學裡，女作家寫「駄目男」的小說也相當常見，估計是女作家當中有一定比例的「駄目男女伴」所致。二〇一四年底，原田舞葉問世的短篇小說集《你是某人的心愛》（あなたは、誰かの大切な人）收錄的六篇作品裡，有三篇也是關於「駄目男」的故事。

卷頭的第一篇〈最後的傳言〉，副標題叫做「Save the Last Dance for Me」，即美國一九六〇年流行的歌曲名稱。男主角平林三郎，他女兒都說是「除了做『色男』以外，完全沒用」的一個人。「色男」就是帥哥；日語有句膾炙人口的俗語說「色男沒錢亦沒力」。他妻子叫敏子，做了一輩子的美髮師。日語所謂「美髮師的丈夫」，指的是靠妻子的手藝生活的男人，三郎自不例外。他公然說「從三歲起就做當上美髮師丈夫的美夢」，後來娶到敏子算是貫徹初衷。

敏子方面，可謂標準的男人婆，長得不美，但是很酷，甚至像日本寶塚歌劇團出身的女扮男明星越路吹雪，而〈Save the Last Dance for Me〉一首歌在日本就是她唱紅的。三郎當年要娶敏子，因為他是越路吹雪的粉絲，當然更重要的是敏子的職業：美髮師。果然，婚後多年他都到處拈花惹草播種子，把敏子折磨透了，卻總是說兩、三句甜言蜜語就找回她的歡心。最後，敏子得病喪了命，當兩個女兒要替無用的父親辦葬禮之際，他本人還像浮萍一般不知道漂至何處。標題〈最後的傳言〉指的是敏子臨走前向三郎留下的口信。她到底要說什麼呢？

第二篇〈月夜的酪梨〉，女主角真奈美在美術館工作，經常出差去美國，可說是事業有成的女性。她從大學時代起，有個年長一歲的男朋友叫朋生，乃標準的草食系男子，性格溫柔到人畜無害，一直做書店的臨時工，似乎缺少進取心，使她沒辦法介紹給思想保守的父母。朋生每個週末都來真奈美一個人住的公寓做飯給她吃，有一次做的酪梨湯非常好吃。他們的關係就那樣延續了二十年。

第三篇〈無用的人〉，女主角羽鳥聰美也在美術館工作，這反映了作者原田舞葉的經歷。聰美已經五十歲了，卻未婚未生育。生日那天，她收到剛去世的父親羽鳥正三生前寄出的包裹，裡面有把鑰匙。父親很多年都在超市裡擺蔬菜攤，收入不高，生活乏味，說話甚少，被妻小視為無能的人，導致晚年後跟妻子離婚。聰美知道，父親重複看著一本書，乃日本明治時代的思想家岡倉天心以茶道為例談論日本美學的《茶之書》。她高中時候翻看了那本書，後來決定上大學專攻美術史，但是她從來沒告訴過父母。五十歲生日過後，聰美拿那把鑰匙去訪問包裹上寫的寄信人地址：東京都新宿區西早稻田三丁目。那原來是一棟破舊的木造公寓。拿鑰匙打開房門後，聰美發現……

這三篇小說的男主角，按照一般社會的標準，都可以說是「駄目男」。然而，唯獨第一篇的平林三郎方算是「無賴男」：他從小的志願是吃軟飯，不停地拈花惹草害了妻小。相比之下，第二篇的朋生和第三篇的正三，其實一點也不壞，至多沒出息而已。反之，喜歡在書店裡工作、善於做飯給女朋友吃的朋生，以及多年來重複看《茶之書》而間接影響女兒志向的正三，換個角度來看，或者說，換個性別來看，說不定是十足的好人。

第一篇的敏子，在三個女主角裡面，生活力最強：一手經營美髮廳並且帶大了兩個女兒。有她的能力，才能夠跟「專業色男」丈夫保持平衡。至於第二篇的真奈美，其實她受不了在大商社做董事的父親，他性格剛強任性，永遠不會傾聽別人的意見；相比之下，安靜溫柔的朋生多好，只是事業方面遲遲沒有進展，使真奈美無法和他成家。在小說末尾，朋生被提拔為新開的書店兼咖啡廳的主任，證明他是有能力的人，只是真奈美都四十歲了，兩人關係也好似老夫老妻了。第三篇聰美的母親注意不到丈夫有深奧的內心世界，是她的局限，也是正三的遺憾。聰美的文化程度比母親高，她注意到：按照普通社會的標準來看，父親可能是「無用的人」，但那不等於說他是「無能的人」。

女性在經濟上獨立，才養得起，也欣賞得起「駄目男」。三郎和敏子的例子證明，其實世上向來都有這樣的男女關係。在三篇小說中，第一篇最好看，也是因為「色男」三郎有突出的魅力。不僅是敏子，而且連兩個女兒以及美髮廳的女顧客們，心中都欣賞三郎的外貌和為人。「除了做『色男』以外，完全無用」，這是一個多麼奢侈的個性啊。關鍵在於這句話出於女作家之筆。相比之下，美術館學藝員真奈美和聰美，生活力和生命力都不如敏子那麼旺盛，結果她們跟男性的關係，都只好是相對低調的。那也罷了。真奈美和男朋友、聰美和父親，最後都達到了彼此生命力的平衡點。

女男（おんな・おとこ）

駄目男小說（2）

——織田作之助《夫婦善哉》與佐藤愛子《晚鐘》

有經濟能力的女人養活「駄目男」（差男人）的小說，在近代日本文學裡，最有名的是織田作之助的代表作《夫婦善哉》。二十世紀二〇年代，大阪的藝妓蝶子跟化妝品批發商的兒子柳吉談戀愛。柳吉有妻小，不能和蝶子公然成為夫妻，於是手拉手私奔，從此得兩個人餬口度日了。可是，從小沒吃過苦的柳吉，做什麼生意都不努力。刀片商、水果店、關東煮屋、咖啡廳，無論做什麼，他都忍不住把剛賺來的錢全拿去喝酒嫖妓；使得蝶子只好拿出三弦去當臨時藝妓，彈奏、唱歌、跳舞、陪酒，辛辛苦苦掙錢來支撐兩個人的生活。她最大的抱負是有一天得到柳吉父親的認可，跟他成為正式的夫妻。小說末尾，蝶子和柳吉雙雙去大阪法善寺前的「夫婦善哉」甜品店，吃每份都裝在兩個小碗裡的紅豆湯。

這部一九四〇年刊行的短篇小說很受歡迎。雖然作者一九四七年剛滿三十三歲就因肺結核去世了，然而他留下的作品倒相當長壽。一九五五年，以喜劇演員森繁久彌為男主角，以寶塚歌劇團花旦出身的淡島千景為女主角，豐田四郎導演拍的電影《夫婦善哉》，至今在老一輩日本人的腦海裡印象仍特別深刻。另外，從一九六〇年代開始，幾乎每十年一次《夫婦善哉》都被拍成電視劇：最近的一次則是二〇一三年，森山未來和尾野真千子飾演男女主角，由NHK電視台播送。日本傳統傀儡戲「文樂」早在一九五六年就把《夫婦善哉》搬上了舞台。進入了二十一世紀後的二〇〇四、〇五年，新作話劇《夫婦善哉》在大阪、東京兩地公演。二〇〇五年的舞台劇是老牌的美男子歌星澤田研二飾演柳吉。他是大阪人，加上近年發福，恰合適於飾演柳吉。

日語裡有「激起母性本能」的說法，乃大男人的孩子氣，讓女人以為非自己照顧他不可。

《夫婦善哉》的男主角就是再好不過的例子了。相比之下，女主角性格好強、樂觀、開朗，為他吃苦而不覺得苦。只是，這部小說是男作家寫的，作品裡的男女關係，說不定就是男人一廂情願的幻想。如果換成由女作家書寫，還會把柳吉描寫為可愛的人物嗎？很難說。

一九二三出生的女作家佐藤愛子，二〇一四年底，以九十一歲高齡出版了長達四百七十五頁的厚厚一本小說《晚鐘》，寫的是典型「駄目男」的前夫。雖然小說中用的是假名，但是敘述內容幾乎直接反映了作者和前夫田畑麥彥的關係。

佐藤愛子的父親是著名的少年小說家佐藤紅綠，哥哥是曾風靡一時的詩人佐藤八郎。愛子自己曾在打仗年代結婚，生過兩個孩子。可是，戰後她因為也想當個作家，把孩子們留在了婆家，自己單獨出來，不久分居中的丈夫病逝。她二十七歲加盟文學雜誌《文藝首都》的時候認識了田畑麥彥。他比愛子小五歲，因小時候患上小兒麻痺，一輩子都跛腳走路。他父親是商界名人，家裡非常富裕，麥彥從小有專屬的文人按摩師，受他啟蒙，對文學產生了興趣。父母親對麥彥的殘疾過意不去，結果多少把他寵壞了。

小說中，愛子跟麥彥之間，幾乎沒有浪漫的往來。給讀者留下最深刻印象的場面，乃有一個大雪天愛子跟麥彥在山區同坐巴士，因為雪下得實在太大，所有乘客都得下車帶行李走上坡；麥彥因為跛腳，雪裡上坡談何容易，何況還帶著行李。最後，愛子拿起兩個人的行李，扶著他走到巴士和其他乘客們等待的地方。後來，每次看到麥彥穿的鞋子左右不對稱，愛子都想起雪中經歷而心軟，可說被「激起母性本能」了。他們一九五六年結婚。六年以後，愛子的第一部小說問世，幾乎同時麥彥的作品也得到了文藝賞，夫妻倆終於都活躍於文壇。可是，俗話都說好事多磨，麥彥出名後就引起了壞傢伙的注意：人家勸他利用已故父親的關係做生意。

麥彥從小沒有為錢發過愁；出版同人雜誌需要的錢，大夥兒一起吃喝用的錢，都是他一個人付的。也許，因身體殘疾而自卑，他只懂得花錢留住朋友們。然而，投入於文學創作以後，他被家人視為敗家子，不可能向老家伸手要錢了。事業不成功和受騙上當後，麥彥便改向愛子伸手。難得的是，愛子不愧為流行作家的女兒，特有能力賣文掙錢。麥彥的公司倒閉，背了兩億日圓的負債，據說愛子承擔了其中的三千五百萬，而靠筆耕付清了全額。但那可是當年買得起幾棟樓的數目呀。其間，她寫私小說《蘇格拉底的妻子》獲芥川賞提名。古希臘哲人蘇格拉底的妻子是全世界歷史上最有名的壞妻子，愛子把自己比成她，通過小說揭發「駄目男」丈夫和利用他的朋友們如何以文學之名浪費金錢。之後麥彥向她提出：為了減輕愛子在法律上的連帶責任，最好先假裝離婚。誰料到，一辦完手續，麥彥馬上跟銀座酒吧的媽媽桑再婚了。

離婚以後，麥彥還經常出沒於愛子的家，主要是為了借錢。有時候，趁她不在，他就把銀行存摺拿出去自行取款。沒有自己掙錢的經驗，麥彥只懂得要別人的錢。另外，在《晚鐘》裡，愛子也多次引用麥彥的口頭禪，乃德國詩人荷爾德林所說的：「成長得最高的，非人莫屬；沒落得最深的，非人莫屬。」通過這句話，作者暗示：麥彥的人格深處有一種自我毀滅的本能，或者說死的願望。

二〇一五年初，東京各地的書店門口，都擺著很多本《晚鐘》。佐藤愛子從出道起已經五十餘年，其間出過的書超過一百五十種了。其中最有名的是一九六九年的直木賞作品《打完仗了，天黑了》和二〇〇〇年的菊池寬賞作品《血脈》。前者裡，愛子寫了作為單身母親作家，為還前夫的債款奮鬥的日子。她四十歲時被芥川賞提名的《蘇格拉底的妻子》有純文學的沉重；六年後，在雜誌編輯的催促下，匆匆寫了兩萬字，意外獲得直木賞的《打完仗了，天黑了》則有通俗小說的幽默。在《血脈》裡，她寫了父親佐藤紅綠和他三個妻子以及眾多孩子們的生平：果然她的四個異母兄弟個個都是敗家子，而大作家佐藤紅綠一輩子為養活他們拚命賣文掙錢。

在《晚鐘》開頭，作者收到前夫的死訊而開始回想和他之間長達半世紀的往來。書腰上寫的「曾是我丈夫的你，究竟是什麼人？」概括整本書的內容。兩個人的背景和性格都很不同，唯一共同的是對文學的熱愛。然而，出道不久，麥彥卻走上生意之路，幾乎是自己斷送了執筆成功之路，也斷送了跟愛子彼此理解、白頭偕老之路，也許都是他「自我毀滅的本能」所致吧。在討債的風暴裡，被騙離婚後，愛子還一直在經濟上幫助麥彥。連她本人都問自己：究竟是為什麼？書中，愛子的一位同行分析她的動機為「豈不是愛到底嗎？」惹她馬上怒髮衝冠，簡直像被侮辱了似的，但說不定其實是被說中的緣故。在小說最後，作者下結論寫：**我還是不理解他，現在覺得不理解也罷了，恐怕誰也不能理解別人心裡的深淵吧，他以自己的方式拚命過了一生，就夠了。**俗話說，愛的反義詞是不關心，那麼過了九十歲，花掉生命最後的時光和力量都要去探討的，只會是愛的對象。

女 おんな

愛養美男子的女作家

——岡本加乃子《老妓抄》

老妓抄

中文版：新雨出版

外國人對日本女性往往有先入為主的成見：乖巧、溫柔、保守、貞淑、天生的賢妻良母，樂意伺候丈夫等等。不必說，成見歸成見，現實中的女人始終個個都不同，五花八門，各色各樣的。岡本加乃子一九三八年問世的〈老妓抄〉，我相信具有破除那種老想像的衝擊力。

這居然是一個上了年紀的日本藝妓養活年輕男人，把他寵壞的故事。人家最初被派來修理家用電器，可他真正的志願是當上發明家。老女人覺得這個傢伙有點意思，長得也不難看，於是給他提供住房、生活費以及實驗所需要的資金，還有跟他年紀相配的養女。結果還是不出所料，總之日子過得太舒服了，小白臉失去對發明的熱情，漸漸發胖起來……在小說的末尾，作者載錄老藝妓作的和歌：**年年悲情越來深，歲歲生命越輝煌。**

多痛快！

老男人養活年輕女郎把她寵壞的故事，在文學上和生活中歷來都不少。然而，交換了兩個角色的性別，印象就完全新鮮了。何況〈老妓抄〉是女作家岡本加乃子（一八八九——一九三九），於軍國主義者在日本橫行的時代裡，四十九歲發表的作品。

更加非同尋常的，乃對岡本加乃子來說，「女人養活美男子」不僅是在《金魚撩亂》、《花勁》等其他作品中也探討過的老主題，而且是在現實生活中也長年身體力行的生活方式。早年，剛結婚不久的時間裡，她丈夫岡本一平沒有固定的收入來源，導致新婚家庭經濟窘迫。在那麼個苦境裡，二十一歲的新婚妻子就驕傲地歌詠道：**專愛美貌結的婚，比何事都奢侈哉。**與眾不同的是，在這首歌裡，不是丈夫稱讚妻子的美貌而是妻子顯擺無業丈夫的美貌！

岡本加乃子於東京和鄰近川崎市中間的多摩川邊富農家出身，哥哥大貫晶川中學時就開始在校園文壇上活躍，跟谷崎潤一郎等當年的少壯作家來往。做妹妹的加乃子受影響，從小就寫詩歌投給文學刊物。跟美術學校畢業的帥哥岡本一平結婚以後，在東京市區青山住下來，生了後來的大藝術家岡本太郎（即大阪世博會的象徵作品《太陽塔》作者）。幸虧，一平不久被《朝日新聞》社員夏目漱石賞識而聘用，當上新聞漫畫家而一下子爆紅，在短短幾年內就賺來了夠舉家去歐洲遊學兩年（一九三〇——三二）的資金。說舉家，岡本家除了夫妻和兒子以外，還包括兩個美男子，他們是慶應大學的歷史學講師和加乃子動了痔瘡手術住院時，深夜給她打止痛針的外科醫生。

根據瀨戶內晴美（法名寂聽）撰寫的評傳大作《加乃子撩亂》（一九六四），新婚時期的一平曾到處拈花惹草，導致妻子神經衰弱發作，悔改後，卻決定把自己的生命全部都獻給加乃子，支持她成為成功的小說家。為此目的，他不僅立誓從此禁慾，並允許妻子另找男朋友，而且還同意跟他們在同一屋簷下如兄弟一般的生活。據說，一平都把加乃子當作觀音菩薩膜拜了。因為日語裡「加乃」（Kano）和「觀音」（Kannon）諧音，再說夫妻皈依佛教，個性詼諧的東京人一平誇張地崇拜天生藝術家氣質的妻子，乃頗有可能的事。

在現實生活中，加乃子凌駕於多名男性之上，令人好奇她究竟是何等美女。然而，關於她的容貌，坊間一向有兩個極端不同的看法。有人說，她非常美麗迷人；但也有人說，她難看不堪。評傳作家形容成橡皮球的體型，加上童女般無辜的大眼睛和藝妓級的濃妝，就屬於見仁見智的範疇了。何況她有一觸即發不可收拾的感情起伏。總之，從歐洲回日本以後，在多數女同胞仍穿和服的社會裡，加乃子剪短髮，塗口紅，穿上醫生情人徹夜專門為她縫紉的西式長裙；她外表無疑特別引人注目，何況身子越來越胖。先作為和歌詩人出名、後作為佛教研究家贏得了文壇地位後，四十七歲的加乃子發表了取材於芥川龍之介自盡的短篇作品〈鶴病了〉，終於成為她憧憬許久的小說家。

直到五十歲跟大學生模樣的男人私奔去太平洋岸上油壺海灘的旅館而在夜裡中風以前，岡本加乃子作為小說家活動的時間只有兩年多而已。可是，還在歐洲的時候，她已開始天天練習寫小說，幾年積累下來的稿件裝滿了箱子。並且家裡有兩個男人全面支持她的文學事業：一平是小說家岡本加乃子的監製兼經紀人，幫她找題材，也介紹給文壇名人；同居情人則承辦了一切雜務和謄清稿件。結果，她的小說得到了川端康成等著名文人的高度評價，甚至有人說，她是跟近代日本兩個大文豪夏目漱石和森鷗外能相比的偉大作家。

跟她的容貌一樣，對於加乃子的小說，歷來也存在兩個極端不同的評價。她的作品風格屬於唯美派或說耽美派，乃專門描寫以男女關係為主的人生，跟二十世紀初風靡一時的社會主義普羅文學、寫實主義小說都格格不入。她用的詞語又非常華麗、甚至濃厚得教一部分讀者反胃。

在一次筆戰中，她自己提到：曾被人問過「是否妳吃的東西就跟凡人不一樣？」這句話簡直有類似種族歧視的攻擊性味道，果然加乃子講到時都很傷心。儘管如此，如果用今天流行的話語，最適合概括她作品世界的一個詞還是「肉食系」了。不過，根據她去世後一平出版的回憶錄，加乃子的胃腸其實並不強壯。比如說，為了短篇作品〈家靈〉找細節，她在一平帶路下去東京淺草附近的老字號，嘗了整條泥鰍烹製的火鍋，但那是第一次，也是最後一次了，因為她的神經和胃腸都收不住生猛的補品。

在《加乃子撩亂》裡，瀨戶內去日本中部的山區訪問早年跟岡本夫妻同居的小白臉醫生。事後三十年，他告訴訪問者說：因為加乃子的生命力特別強，由三個男人合力去對付她，才能夠保持平衡。後來，歷史學講師提出要跟別的女人結婚，惹得加乃子火大，她深夜裡把所有財物都拿到外面，請他立即滾出去。之後，家裡只留下一平和醫生兩個男人，失去了早先的平衡，結果加乃子另找年輕的對象去，導致中風去世。加乃子瞑目後，他和一平一起把她棺材運到東京西郊的多磨墓園去，親自動手挖了坑，把她埋入地之前，上下左右都鋪滿了紅色薔薇花，因為她最早投稿時用的筆名是大貫野薔薇。

日本最早的女性主義刊物是平塚雷鳥主辦的《青鞜》。從一九一一年創社起，加乃子一直是其中一分子。可以說，她是日本最早期的女性主義者之一。瀨戶內晴美的《加乃子撩亂》就是她書寫《青鞜》社員生平，如《田村俊子》、《美在亂調中》（伊藤野枝），以及其他傑出日本女性傳記，如《蝴蝶夫人》（三浦環）、《遠處的聲音》（管野須賀子）、《余白之春》（金子文子）的系列作品之一。換句話說，二十世紀初，日本已經有一批女性，不同於外界先入為主的成見，不乖巧、不保守、不貞淑、很樂意被丈夫和情人伺候，以充滿個性的方式燃燒了自己的生命。

《老妓抄》中文版問世，華人讀者能接觸到岡本加乃子留下的短篇小說作品，我作為她的書迷非常高興。雖然她的生命，才五十歲就突然到了盡頭，可是她留下的書稿，包括長篇小說《生生流轉》和《女體開顯》，事後都由一平整理而一一問世了。作為監製、經紀人這一點，他起碼做到了。所以，我們也許應該原諒他在加乃子去世後不久，就連續向年輕女郎求婚，並生了兩個孩子，猶如要趕緊挽回之前未能嘗到的家庭生活之溫暖。醫生情人也回到了故鄉，不僅繼承父親的醫院，而且也再結婚生育，彷彿跟加乃子過的日子是一場夢。

加乃子生前曾拜託愛兒太郎把她的作品譯成法語出版，因為她相信，即使她的同胞不能理解自己的作品，廣大世界中一定不乏有識之士。今天，作品被譯成中文了，我相信，黃泉下的作家肯定特別開心，睜開水靈靈的大眼睛如童女般微笑著。

女おんな 男おとこ

痴人和賢者之愛

——谷崎潤一郎《痴人之愛》與山田詠美《賢者之愛》

賢者之愛
日文版：中央公論新社
中文版：2016 年 7 月
大田出版

說到谷崎潤一郎，外國朋友們一般都當他是《陰翳禮讚》和《細雪》的作者，換句話說是日本傳統審美學的守護神。可是，日本人對他的印象是稍微不一樣的。此間所謂「大谷崎」之所以很「大」，因為他善於把通俗性主題和藝術性形式在崇高的水準上融合為純文學佳作，而他終生拘泥的主題不外是嗜虐和戀物癖。

從一九二四年到二五年，在《大阪朝日新聞》上連載的《痴人之愛》，算是谷崎早期的代表作之一。那是日本短暫的大正摩登時代。二十八歲單身的電氣工程師河合讓治有一個夢想：收養年幼的女孩子而教育成合他口味的情人。果然，老天爺作美，讓治在銀座的酒吧認識了年僅十五歲，外貌似混血兒的奈緒美，從此開始過兩個人的日子。他們之間逐漸演變成奴隸和主人一樣的關係。沒有錯，是讓治心甘情願地淪落為奈緒美的奴隸。

兩個主角的名字讓治和奈緒美，日語發音分別是George和Naomi，加上他們住在位於東京南部大森海岸的出租洋房，整部小說散發著特別洋味的氛圍，可以說跟谷崎後來的作品如《陰翳禮讚》（一九三三年）、《細雪》（一九四八年）的和風世界，相隔十萬八千里。再說，谷崎也公開說《痴人之愛》是「私小說」，至於奈緒美的原型，則一般相信是他第一任夫人的妹妹，當時的電影明星葉山三千子。

將近九十年以前發表的《痴人之愛》，至今在日本仍擁有許多讀者；一說到「奈緒美」就在眾多書迷的腦海中出現共同的形象。於是當二〇一五年一月，山田詠美的新作《賢者之愛》問世的時候，書腰上寫的「從正面挑戰文豪谷崎潤一郎」一句話，教大家馬上就領會其含義，以致爭先恐後地購入一本，非得一口氣讀完才痛快了。

我這輩的日本書迷，仍然清楚地記得山田詠美一九八五年以《做愛時的眼神》一書出道時帶來的衝擊。那是年輕日本女孩子和美國黑人逃兵之間的愛情故事。表面上看來，兩者之間只有性愛而沒有靈魂交流似的，卻於存在底層，意外地留下永遠不會消失的烙印。二十世紀後半葉，受到美國的性革命波及，日本的年輕人經驗的，往往就是像她筆下那一對主角那樣的男女關係，因而作品引起了許多同代讀者的強烈共鳴。

山田詠美從一開始就善於書寫乍看粗野的男女關係所內含的細膩情感。她以出道作品獲得文藝賞，兩年後又以《戀人才聽得見的靈魂樂》得到直木賞，二〇〇〇年則以《A2Z》獲得讀賣文學賞，二〇〇五年終於以《無法隨心所欲的愛情，風味絕佳》獲得了谷崎潤一郎賞。另外，出道不久的一九八八年，她也寫過《跪下來舔我的腳》，乃以SM俱樂部的「女皇」為主角的半自傳體小說。果然，她跟谷崎的小說世界頗有重疊之處。但是，這回從正面挑戰「大谷崎」，還是出乎大家意料了；畢竟「大谷崎」的名氣能跟三島由紀夫等超級大作家相比，可說屬於諾貝爾獎級別的。

山田詠美小說《賢者之愛》的男女主角是，快要四十五歲的出版社編輯真由子和剛過了二十三歲生日的直巳，而「直巳」的日文讀音就是跟奈緒美一樣的Naomi，使讀者以為這是

《痴人之愛》的翻版，交換了男女角色，而取名為《賢者之愛》。然而，真由子和直巳其實不是像讓治和奈緒美那樣在風化場所認識的。反之，直巳的母親是真由子從小的朋友百合，他父親又是真由子從小的偶像諒一。也就是說，真由子被百合奪走了諒一，後來就跟他們的孩子發生關係。難道她是為了報復情敵，才把她兒子當性愛寵物培養嗎？實際上，包括真由子的已故父親在內的三代五角關係裡，到底誰才是真正的主人？誰才是奴隸？可見山田詠美創造出來的小說世界，比單純色情的《痴人之愛》複雜得多。

《賢者之愛》的封面和內頁，都配著幻想怪異派漫畫家丸尾末廣畫的繪圖，給作品增添有如二十世紀少女漫畫雜誌上時而出現的恐怖作品一般委婉卻性感的氣味。日本各家報社的書評都給了《賢者之愛》五顆星星。也不奇怪，跟這部刁難讀者的新作相比，古典作品《痴人之愛》的男性中心觀點可說是傻到可愛。山田詠美出道正好三十週年的今天，至少對女性心理的掌握而言，連「大谷崎」都不是她的對手了。

女

おんな

女性情慾之門

——林芙美子《浮雲》與桐野夏生《又怎樣》

放浪記

中文版：已絕版

有些小說家除了寫故事以外，還把自己的人生塑造成一部甚至好幾部小說。林芙美子就是其中的佼佼者。一九〇三年出生於下關的她，小時候跟著母親和一個接一個的繼父流浪於長崎、鹿兒島、廣島等西日本各地，十九歲投靠大學生情人來東京卻馬上被拋棄，以二十三歲時發表的自傳體小說《放浪記》成名。

「我是命運注定的放浪者。親生父母的結合沒被家鄉接受，叫我只好把旅行當故鄉長大。」如此開始的長篇小說裡，她赤裸裸地講述，一九二〇年代在經濟蕭條的東京，自己擺攤賣東西、當女工、做吧女，拚命於社會底層生存的心得。

《放浪記》轟動一時，給芙美子帶來了很豐厚的版稅。手裡有了錢，她就留下畫家丈夫手塚綠敏，一個人跑去中國大陸、歐洲巴黎、倫敦等地方旅行。後世的評傳作家們齊聲斷定：她在每個地方都有不同的情人，而且不止一處一個。芙美子自己都說過：**戀愛對象每月換一個**。巴黎有之前互相通信的美術學生，然後出現建築師、考古學者，從歐洲回日本的輪船上還有個新聞記者。從一九三〇年代到四〇年代的戰爭時期，她被徵用去南京、漢口、新加坡、爪哇、婆羅洲等戰地，替軍部做宣傳。當時，丈夫綠敏服役不在身邊，芙美子生活中就出現《每日新聞》的帥哥特派員高松棟一郎。戰後，日本出版業復甦，芙美子寫小說、散文產量大得驚人，跟高松的關係則沒有徹底清算。一九五一年六月，她替一份雜誌採訪東京一家鰻魚店，回到新宿落合的住家後，深夜裡突然逝世，享年四十七。

她在世的最後一年發表的長篇作品《浮雲》，被廣泛認為是能跟《放浪記》比肩的代表作。一九五五年，國際著名導演成瀨巳喜男把它拍成電影。高峰秀子飾演女主角，森雅之則演男主角，以戰中戰後的越南密林、東京廢墟、伊香保溫泉、屋久島為背景，描繪了道德敗壞卻令人不捨的男女關係。《浮雲》的中譯本題為《情慾之門》，雖嫌露骨但確實揭破了作品主題。

生前的林芙美子是不僅花心而且自私、任性、占有欲特強的一個人。甚至有評論家寫：她戰後接下全部稿約而從來不拒絕，是為了不讓別的女作家占有她的園地。在她葬禮上，擔任治喪委員會委員長的小說家川端康成竟然向眾人說道：**據理解，林女士曾經為文學創作給大家添了很大的麻煩，但是如今她已經不在了，過兩個小時要成為骨灰了，我謹請在場的各位現在就原諒她。**

誰料想得到，上了西天以後，很長時間，林芙美子都一直吸引許多創造者的興趣。《放浪記》三次被搬上銀幕，三次被拍成電視劇；至於由森光子當主角的舞台劇，更從一九六一年到二〇〇九年，即從她四十一歲到八十九歲，總共演出了二千零一十七次之多。而且森光子去世以後，二〇一五年由仲間由紀惠繼承芙美子的角色，在東京、名古屋、大阪、博多等地的劇場，上演一百零五次。

另外，林芙美子的評傳也頗不少，光是千禧年以後出版的就有：川本三郎《林芙美子的昭和》、太田治子《石花——林芙美子的真實》、關川夏央《女流——林芙美子與有吉佐和子》、今川英子《林芙美子——巴黎之戀》、高山京子《林芙美子與其時代》、佐藤公平《林芙美子寫給父親的信》、桐野夏生《又怎樣》等等。其中，桐野夏生二〇一〇年問世的《又怎樣》（ナニカアル）是一部小說，以林芙美子的第一人稱講述一段「祕密經歷」，文筆逼真，教人手不釋卷，果然獲得了讀賣文學賞和島清戀愛文學賞兩個獎賞。

桐野構思這部長篇作品的動機，顯然是她細看林芙美子的經歷而發現了兩道謎：一九四三年，芙美子收養的新生兒來歷不明，有可能是當時三十九歲的她自己生下的；後期代表作《浮雲》的背景越南，芙美子實際上沒有去過，可能是她把在爪哇、婆羅洲發生的事情，換個地方寫成小說的。桐野推想：芙美子四二年被徵用去南洋的時間裡，跟有婦之夫發生關係而懷孕，決定瞞著丈夫、情人以及世人偷偷生下孩子，並且當養子自己帶大。雖然芙美子和綠敏同居了二十五年，但是兩個人之間似乎早早就沒有了男女關係；綠敏是作為家人和忠實的祕書幫助芙美子寫作的。即使是這樣子，芙美子也不方便公然生下情人的孩子，何況那個男人嚴重傷害了她的自尊。為了把這個推想弄成芙美子第一人稱自述的小說，資深推理小說家桐野設計了故事的外殼：當綠敏去世後，整理遺物的後妻發現，一張油畫背後藏著一堆文稿，原來是芙美子南洋之行的回憶錄，個中仔細講述著跟特派員情人的陰差陽錯。

桐野作品的書名《又怎樣》取自林芙美子的另一部小說《北岸部隊》裡的一首詩：**割草黃黃田花紅，疲勞成熟又怎樣，我現在活著**。詩歌中的話語難以確定作者的意圖，只有專業的推理小說家才會發現個中隱藏的祕密吧。看《又怎樣》，好比是林芙美子的靈魂在桐野夏生身上附體了一般，現實和虛構越寫越融合，可以說充分展現出小說解剖人生的力量來了。把日記弄成小說《放浪記》而成功的林芙美子，恐怕連作夢都沒想到瞑目後五十多年，自己會成為推理小說的主人翁。

不自認的女性主義文學

おんな
女

——桐野夏生《擁抱的女人》

恩田陸（一九六四年生）、櫻庭一樹（一九七一年生）、有川浩（一九七二年生）等等，這些年在日本文壇上，有一批女作家故意取男性或中性筆名展開文學活動，顯然不要自動被劃入「女流作家」之列。其中最資深的，大概是一九五一年出生，八四年出道的桐野夏生。她早期寫少女小說贏得三麗鷗浪漫史文學賞而登上文壇，不過九三年以《濡濕面頰的雨》獲得了江戶川亂步賞以後，主要撰寫從女性觀點敘述的推理小說，陸續獲得了日本推理作家協會賞、直木賞、泉鏡花文學賞、柴田煉三郎賞、婦人公論文藝賞、谷崎潤一郎賞、紫式部文學賞、讀賣文學賞等等，可說走來了日本娛樂文學的主流大道。

一九九七年的日本推理作家協會獎作品《OUT主婦殺人事件》裡，深夜在東京郊區的便當工廠打工的中年主婦，受不了暴戾丈夫浪費金錢而把他殺死，並且由同樣是主婦的同事們協力分屍而遺棄於垃圾處理場。如果是台灣書迷，估計從這情節會聯想到李昂一九八三年發表的《殺夫：鹿城故事》，即女性主義文學的經典作品。在日本，社會學家上野千鶴子跟兩位女作家一起出版的《男流文學論》（一九九二年）向一般社會推廣了女性主義文學批評的理論；然而，在文壇上，積極標榜女性主義的小說家卻很有限，媒體也不大指出作品中可見的女性主義影響，恐怕都是社會上的大男人主義太根深蒂固，不好惹的緣故。

例如，當《OUT》的英譯版被美國愛倫・坡獎提名之際，華盛頓郵報的書評就讚道：**本作品打破了對日本女性的成見，同時也描寫了日本社會的黑暗面。**反之，日本媒體則主要報導她在頒獎典禮上穿著黑色長裙。後來她陸續發表取材於現實案件，解剖了名門女校霸凌文化的《異常》（二〇〇三年），以家庭主婦為主人翁的《燃燒的靈魂》（二〇〇五年）、

《HAPPINESS》（二〇一三年）、《所以，荒野》（二〇一三年）等作品，以世界標準來看，都說得上是十足的女性主義小說，只是作者本人和日本媒體不肯承認罷了。

桐野夏生二〇一五年問世的新書《擁抱的女人》（抱く女），標題明顯取自一九七〇年代初女性解放運動的口號：不做被擁抱的女人，要做擁抱的女人。日本跟西方國家一樣，是在六〇年代末的學生運動中，產生了女權運動和性革命潮流的。果然，作品的時代是一九七二年，主人翁直子是東京吉祥寺的大學生，她一會兒跟男同學一起打麻將，一會兒在爵士樂咖啡廳打工，一會兒跟年長男人一起抽大麻。作為時代的寵兒，她「不做被擁抱的女人，要做擁抱的女人」。然而，願意跟她上床的男同學們，其實在背後稱她為「公共廁所」，乃對女性最嚴重骯髒的侮辱。

作者接受日本媒體的訪問時說：《擁抱的女人》雖然不是私小說，但是把自己當年的真實感覺寫進去了，所以同意出版社把作者年輕時叼著香菸的照片登在宣傳單上，並且在書腰上的文案寫「這個主人翁就是我自己」。結果，跟作者屬於同一代的女讀者們紛紛來信說：邊看邊想起當年受的委屈，禁不住放聲大哭了。

《擁抱的女人》一書，從卷頭就充滿著對男性中心社會的詛咒：看到女人就自動說出髒話而一點都不自覺，一有機會就要動手非禮只管占便宜等等。直子充滿著怒氣，要找跟她談得來的女同學泉，齊聲辱罵周圍男人為「差別主義者」。儘管如此，作品裡出現的女權運動家們，卻被作者描寫為貧窮、難看、無趣的族群。她們也罵直子為「小資」。小說故事發生的一九七二年，在日本山區的連合赤軍根據地，女領導永田洋子批判個別女同志戴上戒指、塗上口紅等甩不掉資產階級思想的生活態度，導致了對她們的集體謀殺。那宗「連合赤軍事件」對日本左派的打擊相當大，對「女權運動家」的形象，損害也一樣大。

總之，在日本媒體和廣大社會上，女性主義一貫是髒話、罵人的話。所以，作者自己小心不要被扣上女性主義分子的帽子，是情有可原的。只有在校園裡研究文學的時候，躲在學術自由的保護傘下，才能夠把桐野夏生堂堂正正劃為女性主義作家討論。這不是文學的話題，而是政治的問題。還是得請上野千鶴子教授出來解釋了。

女(おんな)

女性主義惹上了右派

——上野千鶴子《國家主義和性別》

當代日本最著名的女性主義者是上野千鶴子。她的學術著作和一般著作都非常多，其中特別重要的一本叫做《國家主義和性別》，乃一九九八年由青土社出版，後來由岩波現代文庫出新版。她在二〇一二年的《不惑的女性主義》一書裡透露：自從一九七〇年代順利進展的日本女性主義運動，在九〇年代惹上了國家主義勢力的時候，卻遇到了最大的反擊。具體而言，課題是慰安婦問題，時間和地點是一九九五年在北京郊外舉行的聯合國世界女性會議。

一九四五年以前的日本軍隊往海外打出去的時候，在中國以及東南亞各地設置了慰安所，從來不是什麼祕密，而是大家都知道的事實。戰後日本的小說電影，例如大暢銷書拍成系列影片的五味川純平著《人間的條件》裡，都經常出現日本以及朝鮮籍的慰安婦。然而，不僅是日本人自己，而且東京審判的原告聯合國方面，都沒有及時把慰安婦問題當作戰爭犯罪來審理，唯一的例外是在印尼荷蘭籍白種女性被迫做慰安婦的案子。所以，當一九九一年，韓國三位慰安婦在東京法院向日本政府要求道歉和個人賠償的時候，也許最吃驚、最受震撼的是上野等日本的女性主義者，因為她們之前對慰安婦一直是視而不見的。女性主義者常提出介入社會問題的重要性。然而，直到高齡受害者們遠道而來求公正之前，日本女性主義者的課題單子上從來沒出現過慰安婦三個字。

在《國家主義和性別》的第二章〈關於慰安婦問題〉裡，上野指出，有了一九八〇年代世界女性主義運動的進展，才會有韓國的女性團體發出聲明要求日本政府解決問題。整個八〇年代，她們在韓國訪問了多名慰安婦，記錄了遭難的過程，換句話說有了「口述歷史」的證據，才發出聲音。然而，日本政府說「那是私人業者做的事情，跟政府無關」而推開責任，迫使受害者非得來東京法院打官司不可。日本女性主義者方面，因為問心有愧，所以更加嚴厲地要求政府正式承認過去的不對，並且以國家的名義賠償受害者。當日本政府決定組織半民間性質的亞洲女性基金會，向廣大國民募款，也從國庫撥款，對慰安婦付賠償費之際，女性主義者方面就是不能接受，因為這樣子等於給國家免罪，由國民替罪賠償了。

一九九五年，日本的首相是社會黨委員長村山富市，恰逢第二次世界大戰結束五十週年發出聲明，正式承認日本過去對亞洲各國的侵略，並且表達了歉意。外國政府和人民一般都給予該聲明高度評價，可是屬於日本自民黨的右派分子，包括當年還是新人政治家的安倍晉三，對「村山談話」很不滿意，說它代表「自虐史觀」。翌月，五千名日本女性赴北京參加第四屆聯合國世界女性會議。會上「慰安婦」被譯成「性奴隸」，表示此問題發生了範式轉移。之前常被視為娼妓的慰安婦，從此被視為人口販賣的受害者了。其背景之一是九〇年代初在原南斯拉夫境內發生的「民族清洗」強姦案。國際社會開始把戰場上對女性的性暴力當作人權侵犯案件了。

一九九六年，標榜「自由主義史觀」的右派學者作家等組織了「編寫新歷史教科書會」，主張從日本的歷史教科書刪掉關於慰安婦的記載。日本右派的歷史修正主義，之前主要針對南京大屠殺的受害規模。自從九六年起，慰安婦問題倒成了最大議題，恐怕由他們看來，有直接汙衊國家名譽的緣故。當時大部分人認為，那是對「村山談話」的反動。只有上野很敏感地察覺到：也是對女性主義和北京會議的反動。她本來就在學術界和媒體上都名氣很大，九五年當上了日本最高學府東京大學研究生教授以後，影響力更是特別大了。果然，她應各地團體之邀舉行的演講會，幾次以「講者思想偏激」為理由，面對被取消的危機。當事人所說的理由，往往是「性別教育對學童的惡劣影響」等，可是上野自己很明白，是惹上了國家主義者。

二〇〇〇年以後的上野，在「一個人的老後」問題上執筆和演講的機會多起來了。但是關於繼續燃燒的慰安婦問題，她在將近二十年前寫的《國家主義和性別》，仍然可以說是很好的參考書。女性主義從本質上傾向於世界主義，因此引起國家主義者的強烈反應。安倍政府標榜「重用女性」，結果被他提拔的女閣員紛紛參拜靖國神社，他在國會上「倒彩」的對象都是在野黨的女性議員。這種政治風氣教包括小說家在內的廣大日本女性不得不小心，以免給扣上女性主義者的帽子。

第二部

女作家情結

おんな 女

打開了日本文學界潘朵拉盒子的一本書

——佐野洋子《靜子》

靜子
中文版：無限出版

大家都讚美母親，母性神聖可說是世界性的信仰。然而，世上也總有些孩子，從小受母親不同程度的虐待長大，永遠得不到母愛，因此遍體鱗傷。在信仰母性的社會裡，他們往往得不到別人的同情，搞不好就被扣上不孝順的帽子，於是療傷過程經常需要很長的時間。對那些孩子們而言，以《活了一百萬次的貓》聞名的童書作者佐野洋子二〇〇八年問世的長篇散文《靜子》帶來的療傷作用特別大。書中，她公然寫道：曾長期討厭過母親，因為母親為人虛榮、下流、冷酷，又曾對自己施加了身體心理兩方面的虐待。

看後來的發展，《靜子》打開了日本文學界的潘朵拉盒子。同一年，精神科醫生齋藤環的《母親支配女兒人生》和心理醫生信田小夜子的《母親太沉重了》前後刊行，人文月刊《EUREKA》也推出了〈母親與女兒的故事〉專刊。翌年，童星起家的前參議院議員中山千夏寫的《幸子與我：一對母女的病例》問世。二〇一一年，流行作家村山由佳發表了長篇小說《放蕩記》，書中彷彿是作者的女主角，小時候受了母親過於嚴厲的家教，結果導致心理不平衡，長大後強迫性地耽溺於異常放蕩的性愛關係。二〇一二年，水村美苗出版了《母親的遺產——新聞小說》一書而獲得大佛次郎賞，書腰上的廣告文案竟寫道：媽媽，妳究竟什麼時候給我死掉？

這一連串書籍的作者，除了精神科醫生齋藤環是男性以外，其他全是女性。可見，日本女性長期在心底壓抑了對母親的怨恨，而佐野洋子打開了潘朵拉的盒子以後，她們長期積累的負面感情，猶如岩漿噴出地表一樣，一下子爆發出來不可收拾了。佐野洋子一九三八年出生，中山千夏一九四八年出生，水村美苗一九五一年出生，村山由佳一九六四年出生；都是第二次世界大戰後受日本民主主義教育長大的一代人，跟老一輩的母親有價值觀念上的巨大差異。果然，她們的母親對各自的女兒，有對幸運世代的羨慕和對年輕女性的嫉妒，跟母性本來就具有的支配性混合在一起，呈現出強烈到幾乎逼女兒發神經的愛與恨。從母性信仰的角度來看，她們也許是冒瀆女神的叛徒。可憐之處在於她們都等到母親去世或者患上老人痴呆症以後，才敢寫出對母親的怨恨和憤怒。換句話說，直到母親離開人間為止，個個都做了大半輩子的好女兒，母親去世以後，才向社會訴起苦來，希望得到同情和理解。

以《靜子》為例，雖然佐野洋子重複地寫她多麼討厭母親，因而花很多錢把母親送進高級養老院去，算是花錢拋棄了母親，但是心中的罪惡感也始終非常沉重，使她經常忍不住哭泣起來。更可憐的是，當寫起《靜子》之際，作者已經是年邁的六十七歲，早一年因癌症割掉了一個乳房，而且還沒擱筆之前就開始跟母親剛患上痴呆症時有類似的症狀。看這本書，讀者會發覺：作者一開始是描述母親痴呆的種種症狀，後來她文筆都受到疾病的影響，把同一句插話重複地書寫好幾次。最後，已經六十九歲的作者向已故的母親說道：「**我也快去了，謝謝，我也馬上去。**」日語裡「謝謝」一詞的意義等同於英文的「I love you」。佐野洋子是說話算數的：她二〇一〇年十一月就瞑目，享年僅七十二，從她母親九十三歲去世到她自己斷氣只有四年時間而已。而在那四年裡，她都一直受癌細胞折磨。可以說，她拿自己的生命換得了打開潘朵拉盒子的鑰匙。

揭發母性黑暗面的文學作品，在人類歷史上，有不少前例。例如，十九世紀初在德國出版的格林童話裡，就有《白雪公主》、《糖果屋》等繼母欺負小孩的故事。據說，那些毒辣的繼母角色其實本來是生母，後來為了讓中產階級讀者容易接受，才改成繼母的。這就是榮格心理學所說的大母神，愛護和破壞兼備，乍看自相矛盾的功能。

在當代日本，佐野洋子之所以領先打開潘朵拉盒子而揭發大母神的負面，恐怕跟她自己的成長經歷有直接關係。她父親佐野利一，任職於當年的「滿鐵」即南滿州鐵道株式會社調查部，洋子在日本占領下的北京出生，在四合院裡長大。母親的拿手菜是京式水餃，孩子們穿的毛衣都是她親手織的。對他們一家人而言，日本戰敗自動意味著家長失業＝全家沒落＝母親從中產階級太太淪落為一無所有的戰敗國窮光蛋老婆。經過蘇聯占領下的大連，遣返回美國占領下的日本時，長女洋子九歲，哥哥的背包藏著小弟弟的骨灰。不久大弟弟、哥哥都陸續病逝，從此母親開始虐待小洋子了。她不僅把小女兒要牽她的手粗暴地甩開，而且就因為女兒犯了小小的錯誤就拿起掃把來毒打到差點要喪命，使得鄰居談論：是否繼母在欺負繼女？洋子長大後說道：母親幫她磨練出強悍的人格來了。同樣重要的是，她小小年紀就看透了無常的世界：充滿回憶的家園會忽然沒有，曾經溫柔的母親會忽然變成虐待者。

洋子十九歲還沒考進大學以前，父親五十歲就去世了。四十二歲成為寡婦的母親，由女兒看來變得很下流，常常喝醉酒，交上情夫。儘管如此，母親做公立母子宿舍的主任，讓倖存的四個孩子都大學畢業，還買下一塊土地蓋了房子，生活無憂，直到被兒媳婦趕出家為止。不論是哪個老人家、哪個痴呆症患者都是難以伺候的，何況是曾虐待自己的母親。洋子只好把她送進養老院去，卻從此一直受良心苛責。母親方面，逐漸失去記憶的同時，出人意表地開始變成好老人。以往她絕不肯說的「謝謝」、「對不起」兩句話，居然從嘴裡溢出來。洋子對她的怨恨曾跟冰山一樣大而硬，都被那兩句話融化了。曾不能碰母親身體的女兒，最後常上她病床陪睡。洋子搞不清楚：是她原諒了母親？還是被母親原諒？也罷了，兩個人都快要渡冥河之際，還有什麼區別？

佐野洋子去世以後，日本《文藝》雜誌刊出了追悼專輯。在眾多追悼文裡，有兩篇文章給我的印象特別深刻。首先是她獨生兒廣瀨弦和第二任丈夫、著名詩人谷川俊太郎之間的對話。他們都說：「洋子的母親其實是很普通的一個人，可在《靜子》裡被洋子塑造成魔鬼了，最後母女倆達到和解的橋段也是虛構出來的。結果，作品很好看，就沒什麼可說的了。」包括我在內，大多讀者都當《靜子》是根據事實的長篇散文，然而實際上，似乎並不是那麼回事。佐野洋子是創作者，寫文章自然要選擇她認為最合適的方式。我們得承認，她選擇得很對，以致成功地打開了潘朵拉的盒子。

另外一篇則是一九四九年出生的作家、評論家關川夏央寫的〈在大陸長大的文人：佐野洋子〉。關川寫道：「《靜子》是母女和解文學的最高峰，同時也是故鄉喪失者文學的傑作。」他所說的「故鄉喪失者」，指的是日本戰敗後被遣返回國的一批人，其中有小說家安部公房、指揮家小澤征爾、電影導演山田洋次等著名藝術家。關川認為：「他們的作品表現出來的哲學性、國際性、一直沒有固定居所的孤獨性，在《靜子》裡統統都存在。」跟洋子生前的來往中，關川也感覺到：「在乍看開朗的基調裡，時而摻合悲傷，恐怕就是小時候的經歷所造成。」

從《活了一百萬次的貓》到《靜子》，佐野洋子留下的眾多作品裡，最令人難以忘記的確實是「在乍看開朗的基調裡，時而摻合悲傷」的幾本。她的簡介也一貫從「一九三八年在北京出生」開始；可是，講到在大陸過的童年，就一定把自己一家人劃為「壞蛋」。身為侵略者的後代，快樂的童年記憶是她終生的原罪。雖然對歷史不能說「如果」，可是如果沒有被遣返回來，佐野家各人的人生遭遇絕對不一樣，《靜子》一書也因此不可能誕生。關川的文章最後一段寫：「對她來說，無論多麼習慣熟悉，日本永遠是『旅居地』。估計那感覺一輩子都沒有抹掉。她和母親在漫長而曲折的路盡頭達到的『和解』，與她跟『戰後日本』的和解，意義正相同。」原來，倖存的母女倆，跟年紀輕輕就去世的弟兄和父親一樣，都是戰爭的受害者。

母女之間的深刻矛盾，一方面是從佐野家和二十世紀日本的具體情況產生的，另一方面也是自人類共同的生理和心理產生的。於是《靜子》一書才啟發她妹妹一輩的女作家們紛紛寫出對母親的仇恨愛憎來。活了一百萬次的貓，牠跟第一次愛上的白貓死別了以後，第一次深感哀傷，哭了一百萬次，最後自己也死掉了。我不能不覺得佐野洋子很像那隻活了一百萬次的貓。她生前活得那麼獨立自尊，然而母親去世才四年，自己就撐不住了。難道她畢生最愛的是曾虐待自己的虛榮母親嗎？人性究竟多麼複雜？

おんな 女

少女與惡魔之間

——森茉莉《奢侈貧窮》

奢侈貧窮
中文版：野人出版

我曾經一個人漂泊於世界的日子裡，手邊總是有森茉莉寫的幾本書：《記憶的畫像》、《父親的帽子》、《奢侈貧窮》、《甜蜜的房間》。每逢有什麼不如意的事情，我都翻開看看裡面充斥的華麗文字，從中得到了無窮的安慰。

《記憶的畫像》和《父親的帽子》基本上是她回想父親森鷗外，以及自己早年生活的隨筆集。後者更讓她在五十四歲得到日本隨筆家俱樂部賞，從此登上文壇的契機。日本讀者認識的森茉莉，從一開始就是已過了中年的文豪女兒，外貌則猶如西方童話裡的少女加上巫婆除以二，而直到三十年以後在獨居的極小公寓裡她遺體被發現前，精力充沛地執筆發表了許多散文、評論、小說等。其中，日本最多人記住的是她從七十六歲到八十二歲，每個星期都在《週刊新潮》上連載的電視節目評論〈Dokkiri Channel〉（吃驚頻道）。

在日本文學史上，森茉莉所占的位置是完全獨特的。看《記憶的畫像》和《父親的帽子》，我們能知道，她小時候多麼被父親寵愛，並且後來一輩子都引以為榮。雖然日本文壇上有的是第二代作家，但是太宰治的女兒津島佑子也好，幸田露伴的女兒幸田文也好，即使可以說繼承了父親的文才和創作動機，但能夠因為曾坐在父親腿上被抱的感覺而津津樂道的，就唯有森茉莉一個人了吧。

森茉莉最重要的屬性是：公認的被偉大父親疼愛過的女兒。加上父親給她提供了當年日本最優良的西式教育，讓她十六歲就嫁給年輕有為的法國文學家，也忍辱請求親家讓十九歲的茉莉跟夫婿一起去歐洲遊學。誰能打贏這麼一個女作家？她不僅有很好的血統，而且有很深厚的教養，加上每說兩句都要顯擺父親對自己的愛情。而那父親竟然是日本學校的語文教科書一定要收錄其作品的文豪兼高級軍醫兼一等官僚的森鷗外。

讓人乍看感到意外的是，在女兒眼裡，森鷗外卻不是完美的英雄。《父親的帽子》一書，就以這樣的句子開始：「**我父親的頭很大，帽子比起一般人的來得扁平又寬大，形狀格外獨特。**」由於頭很大，他被帽子店的夥計嘲笑。茉莉也證言：嘲笑他的遠不僅是帽子店夥計，還有電車乘務員、餐館服務員、人力車夫等等。由那些東京勞動階級看來，鷗外一看就像鄉下老頭，而確實他十歲到東京來求學之前，是在如今也算是日本最偏僻縣分之一的島根縣出生長大的。

一九〇三年出生的森茉莉，是鷗外做醫生、去德國留學、發表多數評論和小說出名以後才出生的，在二十世紀初繁華的東京，她穿歐洲進口的衣服、聽格林童話、吃上野精養軒的西餐長大。森鷗外在東京帝大附近蓋的房子，通過窗戶能眺望東京灣，因此命名為觀潮樓。換句話說，小時候的茉莉是天天睥睨全東京過的日子。

教人一樣感到意外的是，她對鷗外的文學評價並不很高。茉莉重複地寫：「**別人說是鷗外代表作之一的《澀江抽齋》等歷史小說，叫我悶死。**」相比之下，她喜歡跟鷗外並肩的文豪夏目漱石寫的《我是貓》。她的著作《奢侈貧窮》裡的一篇〈黑貓茱麗葉的自白〉就是借用了漱石作品之形式的。關於鷗外小說的本質，茉莉在《記憶的畫像》裡的〈鷗外〉一篇最後，一針見血地說道：「**我不大喜歡他作品裡沒有惡魔。**」這句話揭穿了父女倆在文學志向上的分歧。茉莉後來發表的小說，就是篇篇都有惡魔的。

惡魔處於人心中。森茉莉所有作品裡最重要的一篇，大概就是《記憶的畫像》收錄的〈戀愛〉。她十九歲出發前往歐洲要跟丈夫團聚之際，來車站送行的父親，雖然知道自己壽命已不長，卻什麼也不向遠走的女兒說，靜靜地站在月台人潮中，默默地點了兩、三次頭。茉莉看到他表情，就放聲大哭起來。她寫道：「**那生嫩的薔薇刺，在我心臟正中央，至今仍扎著。這簡直是我可怕的戀愛。**」

森鷗外和女兒森茉莉之間，顯然有類似於戀愛的情感交流，至少從茉莉看來是絕對有的。他們之間的戀愛是茉莉高高在上，教鷗外嘗到可望不可即的悲哀。寫〈戀愛〉一篇的時候，她年紀已過花甲。在森茉莉的散文作品裡，她比作為戀愛對象的男人，始終只有父親鷗外和分離了多年以後，過三十歲才再會的大兒子而已。她在年譜上寫：「一九五一年，跟長男再會，一時猶如情侶一般頻繁見面。」然而，茉莉在多篇散文裡，卻把他寫成缺乏責任感的花花公子，最後在妻子和岳母的暗示下，騙取了茉莉為蓋房子而儲蓄多年的錢。

茉莉十九歲在歐洲時，收到父親的死訊，二十歲回到日本，二十四歲留下兩個兒子離了婚，二十七歲給東北帝國大學醫學部教授做填房，卻不到一年又回娘家。那段時間裡，她開始翻譯莫泊桑等法國作家的小說，亦寫劇評發表在各雜誌上。她三十二歲的時候，母親去世，娘家只留下她和弟弟了。六年後，弟弟要娶媳婦，茉莉搬去淺草庶民區獨居才發現：原來同為大都會居民，淺草人跟巴黎人一樣活得很瀟灑。那時是一九四一年，不久太平洋戰爭爆發了。美軍空襲開始後，茉莉靠弟媳的關係去東北福島避難。其間在東京，鷗外修建的觀潮樓被全面燒毀。戰後回東京的茉莉，在東京新開發的西郊找單間公寓住下。一九五一年，四十八歲時搬進了即將成為《奢侈貧窮》背景的東京世田谷區下北澤的倉運莊公寓。

森茉莉晚年的獨特性格，大概跟從少女時期到中年時期，在社會地位以及經濟水平上，徹底淪落有關係。一方面因戰爭空襲等使整個國家都蒙受了破壞；另一方面也因失去了父母親、拋棄了丈夫兒子等，沒有了家族關係提供的依靠後，單槍匹馬的中年婦女，在戰後不久極為混亂的社會，如泥漿裡漂泊的浮萍一般的度日。二十世紀初期的東京，有過森茉莉和她妹妹那樣，只懂得享受不懂得勞動的悠閒階級千金們。戰後的日本，卻接受了美國基督徒式勞動致富的觀念。可以說，戰後日本的現實裡，沒有了屬於茉莉的角落；她只好去想像世界裡尋找，並創造屬於自己的宮殿了。

優秀的編輯有眼光發掘小說家。看了《父親的帽子》和第二本隨筆集《鞋音》以後，當年做文學雜誌《新潮》月刊總編輯的齋藤十一，告訴部下小島千加子道：「好厲害的文章啊，妳看看。邀她寫小說吧。」那是一九五八年底，茉莉五十五歲。森茉莉和小島千加子，從此開始了長達三十年的來往。

五十五歲的森茉莉，早已有題材要寫成小說。第二年在該月刊上陸續發表的三篇小說〈黑暗的眼睛〉、〈禿鷹〉、〈濃灰色的魚〉，都涉及到早年在婆家以及娘家發生的事件。森茉莉生性孤僻，沒有電話不在話下，連手錶、鬧鐘都沒有，小島只好通過書信催稿。未料，茉莉愛寫信愛到瘋狂，猶如今天的人寫電郵短信一樣，把生活中發生的種種事情都寫下來要給小島看。年少的小島驚訝地發覺，書信內容反映出來的日常生活根本不像是事實，反而極像小說，具備著超細心的鋪排、天然的幽默和諷刺、詼諧。

一九六〇年六月的《新潮》上刊登的〈奢侈貧窮〉成為了這系列小說的濫觴。兩年以後發表了第二篇〈從紅霞滿天的清晨寫起〉，一九六三年五月單行本《奢侈貧窮》終於問世。同一時期，她也在其他雜誌上發表了《情侶們的森林》和《枯葉的床》兩本以男同性戀為主題的小說。到了一九七〇年代，日本少女漫畫界開始出現竹宮惠子、萩尾望都、山岸凉子等女性作家畫男同性戀故事（Yaoi）的作品，一九七八年小說家／評論家栗本薰（中島梓）竟創刊了專門以男同性戀為主題的雜誌《JUNE》。如今，森茉莉往往被視為這股潮流的先驅者。她曾經說過，鷗外小說的缺點是沒有惡魔，她自己寫的小說果然充滿著惡魔了。

她花十年時間，七十二歲才完成，由新潮社刊行的《甜蜜的房間》，是以父親和女兒之間的戀愛為主題的長篇小說。茉莉受到了三島由紀夫的讚揚，可見他也是惡魔的支持者。另外，她也通過小說結識了如今還在日本媒體上活躍的女裝藝人美輪明宏。

可以說，《奢侈貧窮》是森茉莉從隨筆家化為小說家之間生下的作品。編輯小島清楚地寫道：《新潮》雜誌跟茉莉要的是小說，而自己就鼓勵茉莉把書信內容改造為虛構的作品。儘管如此，如今流通於日本的講談社版《奢侈貧窮》，就在封面上寫著：現代日本隨筆。個中的原因，我估計是部分讀者非常喜歡森茉莉的隨筆，卻受不了充滿惡魔的幾本小說。以著名散文家群陽子為例，她標榜為茉莉粉絲，寫了一本傳記叫做《奢侈貧窮的瑪利亞》。然而，找參考資料的過程中，她卻公然排除了惡魔系列的小說。但也有些人卻恰恰相反，作家栗本薰（中島梓）則寫道：先看《奢侈貧窮》就非常喜歡，看了《枯葉的床》以後，森茉莉成了對自己而言唯一特別的小說家。

於是我回想，曾經單獨於世界漂泊的時候，我看森茉莉作品得到的安慰，到底是來自哪裡。《記憶的畫像》和《父親的帽子》乍看之下像少女童話，浪漫得討人喜歡。可是，我印象最深刻的文字，倒是在《奢侈貧窮》中。主人翁魔利好比是淪落的公主，根本沒有料理家務的能力。她買了顏色合意的毛衣，但不會疊起來收在衣櫃裡。給蟲子蛀了，也不會拿針線去補，只好帶到附近的河流往水裡扔掉。**「魔利公寓附近的那條河裡，沉著料子上等卻穿了孔的毛衣。儘管比不上泰晤士河底那個嵌在骷髏眼窩裡的女王寶石，料子還是真好的，值得回收廢物的人一年一次去淘河看看。」**

這句話究竟有什麼樣的安慰作用，我都說不清楚。不過，當現實不如意的時候，埋怨環境，埋怨別人是沒有用的。唯獨改變自己的思想才是出路。扔掉毛衣是敗北；想像出嵌在骷髏眼窩裡的女王寶石是勝利。果然，森茉莉小時候過的公主般生活，使得她一輩子有堅定的自尊心。正如已過世的《上海生死戀》作者鄭念，在中國的文化大革命中被關在「牛棚」裡，仍拿出面紙來收拾四周，儘量讓自己在舒服的環境裡睡覺。

《奢侈貧窮》裡出現的許多人名、作品名、商號等，讀者可以當作是魔利為作夢施巫術所需要的咒語。現實中，中年以後的森茉莉住的公寓房間，既小得無法放桌子，又舊得不能在裡面用暖氣，到了寒冷的冬天，她只好鑽進被窩裡去，抱著湯婆婆取暖，一點一滴地寫小說的。但，那可是編輯等人報告的現實。我們看著森茉莉的文章，她的房間正如位於義大利翡冷翠的美第奇家族給少女用的房間，不是嗎？

女（おんな）

日本「女兒文學」的開創者

——幸田文《廚房記》

廚房記

中文版：麥田出版

近代以後的日本文壇有女兒繼承父親事業的傳統，例如森鷗外的女兒森茉莉，又如太宰治的兩個異母女兒津島佑子和太田治子。《廚房記》的作者幸田文（一九〇四—一九九〇）的名氣跟前面三位比，可說有過之而無不及。一來她父親幸田露伴（一八六七—一九四七）是日本文學史上著名的「紅露時代」兩個主角之一，另一位則是以《金色夜叉》聞名的尾崎紅葉。

二來就是幸田文其人於父親剛去世不久的一九四七年，前後發表〈雜記〉、〈終焉〉、〈父親〉、〈這些事〉等散文而受到注目，開啟了「女兒文學」這個領域。

不僅如此，她也不甘心專門應邀寫寫父親的回憶，出道三年後曾封筆一次，並且當上女僕住進東京著名的紅燈區柳橋的藝妓家，親身體驗了日本草根女性的苦楚和人生滋味。一九五五年，她根據那段時間的所見所思寫出的長篇小說《流》獲得新潮社文學賞以及日本藝術院賞；從此不再有人敢說幸田文只不過是託偉大父親的餘蔭出的名了。

如今被視為「女兒文學」代表人物的森茉莉（一九〇三—一九八七），以一九五七年問世的《父親的帽子》得到日本隨筆家俱樂部賞而走上文壇，估計多多少少受了幸田文的影響。畢竟兩位都是大作家的女兒，年齡也幾乎相同，在同一時期的東京長大成人。儘管如此，她們的為人和作品風格，卻可以說正好相反：一個是正經八百的女管家性格，另一個則有瘋瘋癲癲的藝術家氣質。有趣的是，好像都是父親對女兒的態度所造成。

喜歡看日本老電影的人，也許對成瀨巳喜男導演把幸田文作品搬到銀幕上的《流》有印象吧。影片裡田中絹代飾演的主角梨花，既有修養又懂人情，就是作者本人的化身。說實在，講到幸田文，大多日本書迷都會先想到父親露伴對她關於打掃乾淨、做菜、打扮、說話、動作等等，既微細又嚴厲的家庭教育。文豪對年幼女兒的刻薄要求，顯然有一部分來自他對後妻的不滿。露伴的首任妻子幾美在幸田文五歲的時候去世，長男長女兩個寶貝也陸續上了天。就在那段時間裡，填房的八代跟露伴相處得不好。結果，本來脾氣暴躁的露伴把對後妻的不滿轉移到次女身上發洩了。如果她做得不好，就要挨父親的罵；如果她做得很好，則要惹來後母不快。這進退兩難的處境，幸田文後來說是父親不愛她所致。倘若愛她的話，就一定會替她除去跟繼母過意不去的局面。畢竟，露伴的兩個妹妹幸田延和幸田幸是近代日本最早期的專業鋼琴家和小提琴家，都有留學歐洲的經驗。把女兒培養成優秀的女僕並不是幸田家的傳統。

相比之下，森鷗外（一八六二—一九二二）對女兒茉莉的溺愛，可說是神話級的。他說：只要是小茉莉做的一定是上等，哪怕撒謊也上等，連偷東西也上等。自然，他也絕不讓女兒做苦活。結果，結婚以後，茉莉的無能引起婆家的強烈不滿，導致前後兩次的離婚。具有諷刺意味的是，由露伴一手磨練出來的能幹媳婦幸田文，也在嫁給酒商兒子後沒多久，就帶著小女兒回父親身邊來了，之後照顧難伺候的老作家直到八十歲去世為止。

雖然關於森茉莉和幸田文離婚的原因，外人不可能知道真相，但好像對女兒們而言，文豪父親的影響力或者說拉力，始終大過凡人丈夫的。森茉莉在文章裡重複地把自己和父親的關係說成一種「戀愛」，乃日本文壇上永遠發亮的一顆寶石。反之，小時候沒得到父愛卻家教嚴謹的幸田文，後來寫出的文章，可說是關於日本家庭教育的權威課本。

陪母親回到外公露伴家成長的青木玉（一九二九—），即幸田文的獨生女兒，母親去世以後也寫起文章來。一九九四年，她回顧在露伴身邊過的日子而寫出了《小石川的家》，果然獲得藝術選獎文部大臣賞，讓世人知道幸田家出了第三代作家。近幾年，她陸續編出《幸田文廚房記》、《幸田文和服記》、《幸田文家教記》、《幸田文季節記》、《幸田文動物記》、《幸田文旅行記》等書，結果如今在日本書店商品架上，幸田文的書甚至多於文豪露伴的作品了。這些書之所以得到讀者支持，就是因為本來不怎麼頂用的小女兒幸田文，即使不靈巧，也發揮出女管家性格來，認真老實地吸收了父親露伴話裡所包含的深刻生活哲學吧。

不光是這樣，青木玉的女兒青木奈緒（一九六三—），即幸田文的外孫女、露伴的外曾孫女，去奧地利研究文學回國以後，亦作為散文家發表文章了。尤其是《幸田家的和服》等作品，通過她自己從小的經驗，講述外祖母幸田文的為人、日常生活習慣和其背後的思想，換句話說是自幸田露伴開始，一家四代人在生活中留傳下來的地道東京人之生活文化。不必說，這種經驗在凡事講求全球化、速食化的世界裡，越來越難得和寶貴。

在日本文學史上，幸田文開創的「女兒文學」，果然在仔細記述生活文化方面占有明顯的優勢。於是，我極力推薦幸田文的《廚房記》，希望中文讀者們能通過這本書接觸到過去一百多年來東京上等家庭的日常生活。

第三部

男作家的人生主題

男 おとこ

從基層來的明星

——東山紀之《川崎之子》

日本明星寫的自傳，最有名的是老牌女星山口百惠跟男星三浦友和結婚引退之前，一九八〇年問世的《蒼白時刻》。文中她告白：從小作為私生女感到委屈，因而一定要堂堂正正嫁人成家。該書銷量達到一百萬本，可說轟動一時。相比之下，屬於傑尼斯事務所旗下少年隊組合的東山紀之撰寫的自傳《川崎之子》給人印象很低調，恐怕是他仍活躍於娛樂圈，經紀公司方面不要大眾對他有固定觀念的緣故。儘管如此，最初二〇〇九年在《週刊朝日》上連載的文章，第二年就集結刊行，二〇一五年又出了廉價的文庫本，讓讀者知道乍看之下華麗無比的明星其實來自社會基層。

東山紀之一九六六年出生於臨近東京的川崎市。該市人口約為一百五十萬，總面積一百四十三平方公里，分成七個行政區，其中位於內陸的麻生區、多摩區是相對新興的中產階級住宅區，也成功招攬了多所大學。相比之下，東山從小住的幸區、川崎區等靠海地區，工廠集中，一九七〇年代空氣汙染頗為嚴重。《川崎之子》裡，東山寫道：當時不能把洗好的衣服掛在外面晾乾，因為一下子就會被汽車與工廠廢氣熏黑。母親帶著他和小三歲的妹妹要住在那麼個地方，因為母親早就跟孩子們的父親離婚，一個女人家除了當理髮師以外還要找散工做，才能養得起一家三口所致。她是個苦命的女人，四歲就跟母親也就是紀之的外婆死別，長大後結婚的對象既喝酒又賭博，離婚前的一段時間裡，為了逃債，一家四口還跑過日本各地。

紀之不記得父親的姓名，只記得爺爺有俄羅斯血統。有一次，他偶然看到母親藏有的父親照片，果然是出類拔萃的帥哥，遺傳給他長而直的兩條腿。父親家的男人代代都是酒鬼，住在川崎市裡特殊浴室集中的地方。母親帶兩個小孩離家出走後，搬到市內的韓國人居住區。所以，紀之小學時代的鄰居，很多都是韓國人。當母親上班不在，看家的孩子們挨餓的時候，韓裔阿姨曾給豬腳吃。家裡沒有洗澡間，得去附近的公共浴池，那裡有很多背後紋身的叔叔們。做電工的大舅帶他去玩的地方是川崎賽馬場；他四十二歲就中風去世了。小學四年級的時候，母親跟一名卡車司機再婚。繼父也愛喝酒，動不動就打人。

總的來說，他從小長大的環境是日本基層。從那兒如何爬上更高社會階層的？紀之小學六年級的時候，母親任職於NHK廣播電視台理髮室，拿到了公開收錄節目的入場票。紀之跟三個同學去澀谷。他當時身高不到一米五，剃光頭，著川崎孩子之間流行的運動套裝，也穿女裝涼鞋，以為自己夠酷。看完節目後，走回澀谷火車站，在十字路口等綠燈的時候，有一輛大轎車停在前面，裡面坐的中年男人給他名片，也要了他家的電話號碼。三天後，他果真打來電話，說當天就過去看他父母親。

那男人就是在日本娛樂界擁有天王般地位的日裔美國人傑尼・喜多川。紀之本來對娛樂界沒有興趣。可是，每週末去位於原宿的傑尼斯事務所，不僅可以免費上跳舞班，免費看錄影帶，而且可以免費吃烤肉、漢堡。再說，之前他生活中的成年男性包括爺爺、繼父、老師等全部都會打人，傑尼是他認識的第一個溫柔人物。不過，紀之在日本娛樂圈正式出道是七年以後的事情。長長的中學時代，他只是作為背景舞者出現在傑尼斯事務所主辦的舞台上、電視節目中罷了。

到底傑尼・喜多川看上了十二歲紀之的哪個部分？大概就是身材，尤其是遺傳自俄羅斯血統的兩條腿吧。另外，有可能他也在少年的表情中，看到了孤獨童年留下的寂寞影子，也就是陰鬱的一面。日文所謂的「刺激母性本能」指的就是教女性想要安慰他的那一面。如果是良家子弟，父母親不會讓讀中學的兒子跟娛樂圈人士來往。但是，在東山家而言，紀之在外面有了依靠，對大家都算是好事。初中二年級的時候，紀之跟著傑尼斯事務所的諸位明星和工作人員一起去美國旅行。那是他平生第一次住旅館，平生第一次坐飛機，更不用說是平生第一次去海外的經驗了。

傑尼斯事務所有點像中國過去的科班。家裡待不下去，但長得好看的男孩，被傑尼收養，花時間培養成日後的明星。初中畢業，紀之就搬進事務所，跟十來個男孩一起生活，晚上則上高中夜校。他十五歲的時候，傑尼就決定叫他和錦織一清、植草克修三個人組成少年隊，但什麼時候能夠出道還是遙遙無期。一起生活的夥伴中，藥丸裕英、本木雅弘、布川敏和等，都先出道走紅當明星了。在十九歲出道前四年的等待時間裡，學的跳舞、唱歌、演技等基本功，成為後來做幾十年藝人的本錢。

經常聽人說：成功的明星都來自基層。因為看似華麗的娛樂圈裡，要吃的苦頭其實不少，只有基層出身，無家可歸的情況下，才能忍耐下去。但還以為那是過去的狀況，如今整個社會富裕到一定的程度後，明星也往往是富二代了；看東山紀之的《川崎之子》才知原來是大錯特錯。二〇一五年，川崎市發生了兩宗少年謀殺案件，都是貧窮家庭的孩子被同樣背景的夥伴們欺負致死。地點離東山紀之長大的地方不遠；果然幾十年後，還有生活中逃避不了暴力的孩子們。出名以後，未必要暴露童年過的貧困日子；東山紀之卻要公開自己的俄羅斯血統、曾給他食物的韓國鄰居、後背全是紋身的叔叔等等，這些既是寶貴的社會真相紀錄，又是難得地對社會基層的致敬，真是了不起。

男おとこ

一個小說家的誕生

——多利安助川《山羊島的藍色奇蹟》

山羊島的藍色奇蹟
中文版：博識出版

日語有個詞叫「器用貧乏」，詞典解釋說是：手巧命苦。《山羊島的藍色奇蹟》作者多利安助川的經歷，似乎能夠用這個詞來形容。

他一九六二年生在東京，少年時期在神戶、名古屋成長；讀早稻田大學東方哲學系時期，就組織劇團當了腳本家兼演員。團員之間的感情破裂導致劇團解散以後，他成為商業雜誌的記者以及電視台的腳本家，以精巧的文筆撰寫從報導到綜藝許多節目的腳本，結果一下子走紅發達。一九九〇年代初，去天鵝絨革命後不久的捷克，他偶然中訪問納粹黨曾經殺害了無數猶太孩子的集中營，受到很大的刺激，決定放棄賺很多錢的職業。回日本後，就剪了金黃色的雞冠頭，組織純文學龐克樂團「叫喊詩人之會」當主唱，也用起多利安（Durian即榴槤）助川的藝名，據說是被別人罵了「你寫的詩太臭」之緣故，不無像文豪魯迅一度故意把自己的書命名為《二心集》等，似乎同時表示自我意識的強烈和脆弱。

一九九〇年代後半葉，他在日本放送廣播電台做叩應節目「正義的廣播」主播，每週六從深夜十一點半到凌晨一點，通過電話跟十來個聽眾溝通，得到了年輕粉絲的強烈支持。當年三十多歲的他，特別會傾聽青春期男女訴說的人生故事，例如：戀愛、暴力、虐待、欺凌、援交、疾病等，而獲得了「年輕人的魅力領袖」、「少年的救世主」等稱號。該節目的成功也給他帶來電視上和報刊上的多項輔導工作，教他害怕自己將成為「人生指南」專家。於是在千禧年，他又放棄日本媒體界的一切工作，移居紐約，從事樂隊活動。

從一九九五年起，他寫過的書很多，包括自傳、散文、紀行、美食錄等，旅美時期更開始有小說、繪本發表。儘管如此，在人們腦海裡，金色雞冠頭的「叫喊詩人之會」印象最為深刻。加上紐約時期的他，也以TETSUYA、明川哲也等不同的名義在日本媒體上活動。總之，別人搞不清楚這個顯然多才多藝的人物到底想幹什麼？他不僅給自己的著作畫插圖，還為了研究甜點而獲得點心專門學校的文憑。二〇〇八年起，他組了個法國式丑角劇團，在日本各地的小舞台上表演、朗讀、唱歌。

二〇一三年二月，助川寫的小說《餡》（日語念an，指紅豆沙）問世，馬上引起了各方面的關注。小說的主人翁是年輕的銅鑼燒店店長和一個老太太，她因為年少時候患上了當時無法治癒的麻瘋病，結果幾乎一輩子都被關在隔離設施裡。對牽涉到歧視、人權的主題，不僅多數寫作者甚至出版社都敬而遠之，因為怕惹麻煩。助川卻以很誠懇的文筆寫出了一個簡單而動人的故事，這無疑是很大的成就。雖然最初遭到了大出版社的拒絕，最後由出版童書的老字號POPLAR社刊行。不只如此，還由世界著名的河瀨直美導演，以永瀨正敏和樹木希林為男女主角，拍成電影《戀戀銅鑼燒》並入圍坎城影展。

曾經以金黃色雞冠頭和「榴槤」那樣的筆名非得嚇唬大夥兒不可的年輕人，也是進入了中年期後，還需要借丑角的裝扮才能夠上舞台表達自己心情和思想的詩人，這回終於翻身為人格和文筆雙雙成熟的小說家了。因為有多年來在各領域裡的經驗，助川的文筆特別洗鍊，給人的感覺是：剛出道卻已經是十足的中堅小說家的樣子了。也許最重要的是曾在電台節目中表現過的傾聽能力，即使在現實生活中，也讓他聽到弱勢族群需要由別人代言的心聲。據說，他是工作壓力太大導致重病，被醫生禁止喝酒時，才發現了世上有甜點這種東西。由於天生好學，馬上申請函授課程，也經歷實習，最後掌握了西式甜點的做法。那樣熟悉的製菓程序的細節，給本來主題嚴肅的小說添加了教人親近的味道和質感。

跟著問世的這本《山羊島的藍色奇蹟》，領先譯成中文在台灣出版，也許跟故事背景是日本最南方、曾養殖山羊的海島有關係。這回的主人翁是人生旅程上迷路的年輕人。他曾在餐廳廚房做事，可是小時候跟父親離別而留下的心中創傷老是疼痛，於是來到南方島嶼要尋訪父親生前的夥伴。可圈可點的是，這部小說中，除了人類以外，還有山羊、奶酪，甚至洞穴等環境和颱風等氣象也都扮演很重要的角色。

作者在丑角部落格上寫道：開始考慮寫小說，乃在紐約經歷了九一一事件，並且聽到了日本的自殺率位於全世界最高之列的時候。換句話說，他是從最初，就要通過寫小說替別人療傷的。這個人大概具有比普通人強幾倍的感受性和愛的能力。畢竟，心情疲倦脆弱的人，最需要的是愛，而傾聽別人訴苦和給予食物，又是具體實踐愛的兩個方式。其實，榴槤除了散發臭氣以外，還是種充滿滋養、味道亦迷人的水果大王，他拿來當藝名也不是沒有理由的。我希望以這本書為出發點，他以往寫的其他書都能通過翻譯到達各位台灣讀者手中。

男 おとこ

作為安魂曲的小說

——伊藤正幸《想像收音機》

想像收音機

中文版：馬可孛羅出版

首先，我得坦白：二〇一一年三月十一日的東日本大地震、海嘯和接著發生的福島第一核電廠事故，對包括我在內的全體日本人，衝擊實在太大了，要平心說出自己的感受非常困難。當時就有不少外國媒體報導：日本人面對如此大的災難，但是在表面上看來大家都很平靜，即使在災區都很少看到哭鬧的人，社會秩序維持得非常好。後來的幾年時間裡，我們逐漸發現：

其實在災區有不少商店、房子被搶劫，並不是所有人都有良心、守紀律的。不過，表面上看來平靜這回事，倒是一向沒變的事實。

比如說我吧，平時是公認的「鬼婆脾氣」，以日本標準來看，感情起伏很不小。可是，那天經歷了平生第一次的大震動，我最關注的是兩個孩子的心情；為了不讓他們感到過度的不安，我作為母親儘量控制自己的感情，裝出沒什麼的樣子。過一年，有家台灣電視台派記者來日本做地震一週年的節目。記者問我：妳流過眼淚哭泣過嗎？我說：沒有，我住的東京西郊離震源約四百公里，考慮到災區居民的心情，哪有分兒哭泣呢？台灣記者搖頭表示不理解；當時，我才知道，其實我也算是控制感情過多的日本人。

從二〇一二年五月起，NHK（日本廣播協會）電視台就重複播送慈善歌曲〈花兒將開〉。那是災區出身的音樂界人士攜手創造的一首歌。以影片《情書》聞名的導演岩井俊二寫的歌詞道：**花兒，花兒，花兒將開，為了有一天出生的你，花兒，花兒，花兒將開，我到底留下了什麼？**顯而易見，歌詞的講述者是地震海嘯的受難者，也就是眾倖存者站在死難者的立場唱這一首歌。我每次聽了心中都受到震撼，可還是不敢教自己被感情淹沒。二〇一四年春天，我參加女兒的小學畢業典禮，聽到孩子們合唱〈花兒將開〉，才讓自己流一次淚水，卻匆匆用手絹擦乾了。

地震發生後，一時有多數日本作家齊聲道：受了這麼大的刺激，沒法執筆寫東西了。後來，還是一部又一部小說、一本又一本詩集出來，表達了作家、詩人的思念和感情。二〇一三年三月問世，被芥川賞、三島由紀夫賞提名，最後獲得了野間文藝新人賞的伊藤正幸作品《想像收音機》可說是其中的先驅。

伊藤正幸一九六一年出生於東京，就讀早稻田大學法律系期間，就當起了藝人；畢業後則擔任講談社出版的時尚雜誌編輯；辭職後的一九八八年寫小說《No Life King》受到注目。後來，他在平面媒體、電視台等各方面展開各色的活動，最常用的頭銜是「creator」即創作者，對此誰也不敢反駁。三一一之後，伊藤就到災區做志願活動，據說聽到了很多「死者的聲音」。作為創作者，他決定重新執筆把那些聲音用文字記錄下來，並傳播給廣大群眾聽，結果引起了很大的反響。震災後日本出現了第一部安魂曲是大家有目共睹的。

雖說每個地方的災難都是很大的不幸，但三一一特殊之處在於：後來發生了核電廠事故，地震和海嘯的受難者沒能得到應得的救援和追悼。前所未有的大海嘯一下子奪走了無數無辜居民的生命，本來該儘量救援，衷心哀悼的。可是，後來的核電廠事故，以看不見聞不到的核輻射嚇壞了人們，把整體社會的視線從受難者身上奪走了。有反省能力的人很快就注意到了這個問題。因此，岩井俊二寫了〈花兒將開〉，伊藤正幸寫了《想像收音機》。

尤其在後者書中，吊在杉樹梢頭上不停地講話的主播，其實是以視覺化的形式，嚴厲批評自私的日本社會。

台灣民眾對三一一受難者的慷慨支援，感動了很多日本人。說實在的，那鉅額捐款教不少日本人重新認識了南方鄰邦台灣的存在，以及島嶼居民的義氣。跟二〇一三年的世界棒球經典賽中，台灣隊離開球場之前，一齊脫帽子敬禮的場面教觀眾刮目相看一樣，許多日本人在生活中和網路上都一再談到，並且相信會長期記在心裡的。

男 おとこ

世界級作家與他的老讀者

——村上春樹《沒有色彩的多崎作和他的巡禮之年》

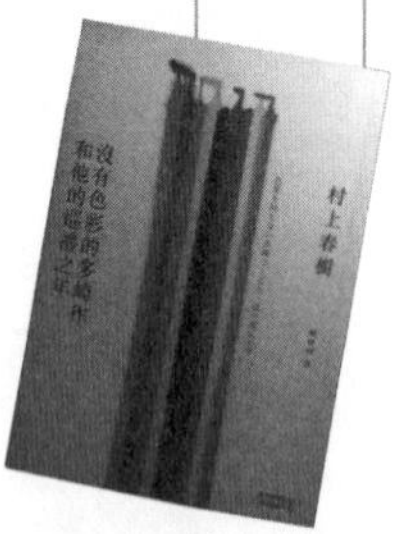

沒有色彩的多崎作和他巡禮之年
中文版：時報出版

村上春樹的新小說《沒有色彩的多崎作和他的巡禮之年》於二〇一三年四月十二日上市，東京好幾家大書店都比平時早兩個鐘頭開門，至於通宵營業的書店則在深夜零點整就開始出售，據報導鬧區好幾家書店門口都出現了人龍。這種部署，雖然在電腦行業有過不少前例，但是在出版業，除了人氣最高時的《哈利波特》以外，至少在日本是前所未聞的。出版社文藝春秋最初打算首刷三十萬本，然而在亞馬遜等網路書店的預售量極多，結果商品還沒上市之前，印刷廠已經接到四刷的指示。這則消息一傳出去，愛湊熱鬧的日本人更加爭先恐後地去書店掏腰包，一個星期以內，銷售量達到了一百萬本。

考慮到從二〇〇九年到二〇一〇年發表的《1Q84》，第一部、第二部、第三部共賣了七百萬本，這次的成績也不算太離譜。只是，在出版業不景氣的日本，前一年最暢銷的小說是三浦紫苑的《啟航吧！編舟計畫》，銷量僅五十六萬本，而在暢銷書榜上頭十名內，那是唯一的小說。就純文學來說，同一年的芥川賞作品是田中慎彌的《共食者》，由於作者在得獎時公開揶揄了文壇大前輩石原慎太郎而成了社會新聞，比近年的同一獎項作品引起較大的注目，可是發行量也才二十萬本。可見村上春樹在日本文壇、出版界所占的地位多麼特別突出。

具有諷刺意義的是，七天銷量達一百萬本的小說是平時不看書的很多人購買的。他們買了以後到底有沒有看，覺不覺得有意思，則無法得知。同時，對多數行家來說，七天銷量達一百萬本的小說是無法平心評論的。各家報紙的書評人，自己也是寫文章出書的人，對村上一級的大作家，不能不羨慕、不能不嫉妒，結果褒也不是貶也不對，因此至少在短時間裡，不大會出現中肯有分量的評論。

不過，新書出來以後，幾個書評人不約而同地寫道：我們曾熟悉的村上春樹到底去哪兒了？那估計是不少老讀者共同的真實感受。一九七九年，三十歲的村上以《聽風的歌》出道，然後從八〇年的《一九七三年的彈珠玩具》、八二年的《尋羊冒險記》、八五年的《世界末日與冷酷意境》，直到八七年的《挪威的森林》，他著實是一代日本書迷寵愛不已的偶像。回頭看來，那段蜜月的終結和村上的大眾化以及世界化是同時發生的。

爆紅的《挪威的森林》賣出破紀錄的四百三十萬本，使得生性內向的作者被嚇壞，之後，他很少出現在日本媒體了。同時，作品的英譯本、中譯本，其他外語本陸續問世，村上春樹的名氣在各國都越來越大。一九九〇年，美國《紐約客》雜誌開始刊登他短篇小說的英譯，村上正式進入了世界文學之列。小說作者和讀者的關係，一方面很公然另一方面則很私密。曾經私下寵愛的對象，翻身為全世界的戀人以後，老讀者感到寂寞，雖然沒有道理但是情有可原。尤其，諾貝爾委員會對他有興趣的消息傳播開來以後，不少日本人似乎感到被放棄、出賣，好比親愛的姐妹被外國的老富翁看中了一般。

三十歲出道的村上，如今已經是過了花甲的大作家了。有人看他新書而想起《挪威的森林》或者《國境之南·太陽之西》，但這次的主人翁多崎作不屬於村上一輩，而屬於他兒子一輩，雖然作者自己沒有孩子。老讀者曾熟悉的村上春樹也許早已不再了，好在作品將一直存在，正如我們對青春的記憶都永遠燦爛。

男 おとこ

山東大熊的修學旅行

——王瑞智《東國十八日記》

我認識王瑞智差不多十年了。當年，他剛接下《萬象》月刊，經前三聯書店總經理沈昌文先生介紹，跟我聯繫邀稿。記得某一晚，我在北京前門飯店的家庭套房裡哄著哭鬧的孩子，接到了他打來的電話，當時還通過窗玻璃看得到對面光明日報大廈。可惜的是，我第二天早上就要飛回日本，沒有時間見面談事，只好在電話上講幾句罷了。後來，通過了幾次越洋電話，也交換了多次電子郵件，終於第一次見了面，那好像是二〇〇七年春天的事情。在北京颳沙塵暴的季節，我帶三名家人走進位於王府井北邊隆福寺的娃哈哈酒店小房間，就看見他笑著指一指自己說：「沒想到我這麼胖吧？」胖？我並沒覺得他特別胖，倒是覺得：這個人豈不是名副其實的山東大漢？

後來，位於北京大學西門外的《萬象》編輯部，我帶家人去了兩次。二〇〇〇年代，我兩個小孩都還很小，去哪兒都一手牽著一個。他們對老四合院裡養的貓咪花花兒印象非常深刻，後來在我們家凡提到王瑞智都說：那個養花花兒的哥哥。孩子們說是哥哥，其實瑞智沒比我小幾歲，本來叫叔叔才合適的。可是呢，他這個人給人的印象好比是布做的大狗熊，不是小熊維尼，就是派丁頓熊的樣子，若稱他叔叔則感覺有點不對頭。據說是在青島吃海鮮長大的，念的卻是內陸合肥的中國科技大學，怎麼會想到漂來北京編人文雜誌？不料，我還沒來得及問清楚之前，大熊開始經常出國旅行了。

最初聽說他去了柬埔寨，後來又聽說去了土耳其等穆斯林國家，然後是馬來西亞吉隆坡、麻六甲、檳城、婆羅洲、以及希臘群島和義大利各地……而且每次啟程之前，都閱讀大量有關目的地的資料，然後一去就是好幾個星期；顯然跟眾人去度假、觀光、採購名牌，很不一樣。

那麼，他到底去幹什麼呢？轉眼之間，大熊的路線也延長到我老家日本來，果然他去了連日本人都甚少去過的和歌山縣紀伊半島，包括海拔一千米的佛教密宗城市高野山。那一次，他下山以後，到東京我家來造訪，給我們看看在各寺院收集的「御朱印」，講講在小食堂嘗到的當地風味如鯨魚刺身，洗到的「千人風呂」露天溫泉，交到的日本朋友等。教我們最吃驚的，是他也在路上買到了幾十年前的可口可樂木箱，而且說要扛著回北京去。後來，我去他在北京段祺瑞政府舊院子裡開的花生咖啡館，確實看到了那個古董木箱。

那只是第一次而已，沒有幾年工夫，他似乎已經來了日本三、四次，去了很多我都沒去過的地方。例如，本書裡講述的伊豆半島，我雖然小時候跟父母兄妹去過幾次熱海溫泉，回家的路上每次都停在茅崎海鮮中心享用美食，但是小津安二郎曾經常住的旅館、川端康成《伊豆的舞孃》的背景、三島由紀夫跟家人避暑的海灘以及買甜品（而且跟普魯斯特名作《追憶似水年華》裡的小道具一樣是瑪德蓮蛋糕！）吃的西餅店等，都從來沒去過。絕對不是我對那些地方沒興趣，而是偏偏因為離家不遠，總以為機會有的是不必稀罕，結果反而拖了又拖，很難實現。

雖然我從來沒問過大熊，去旅行這麼多次到底是幹什麼，不過，看了這本書，總算有點理解了。他花很多時間去研究各景點的歷史和有關的文藝作品，也花一樣多時間去研究當地的交通和住處等旅遊攻略。然後就是一天又一天，自個兒泡溫泉、看電影、坐慢車、想歷史、寫日記。其認真程度與其說是放假，倒不如說像成年背包客的修學旅行。大熊在上世紀六〇年代的中國出生，年輕時沒有條件出國遊覽。果然，有了條件以後絕不想浪費機會的。所以，他在本書記錄下來的旅行，總有點給自己曾經失落的青春補償的感覺。

我之前沒想到，一個不會日語的外國人竟然能夠獨自走到日本社會的各個角落去。這當然是有了網路向全世界傳送資訊以後才可能實現的事。大熊住的不是五星級飯店，但是住在小旅館、民宿，更能接觸到日本老百姓的真實生活。他也不是天天吃大餐，而是經常吃吉野家的牛肉丼、便利商店的紅豆沙麵包了事，可那正是日本庶民的家常便飯呢。好在去哪兒都一定找得到月桂冠牌清酒一口杯，不讓他懷念北京的「小二」（二鍋頭白酒）。

正如俗話說「旁觀者清、當局者迷」，我們的山東大熊在路上看到很多日本人自己都注意不到的時代風景。他第一次來日本時曾問我：日本除了東京、大阪和京都東部以外，一律沒有人的，都去哪兒了？他注意到此間所謂「少子高齡化」導致社區消滅的現象，顯然比當地媒體的記者還早。

整本書裡，最令我捧腹大笑的是：大熊在東京被朋友帶去一家居酒屋，在那兒工作的中國姑娘說，**在日本待久了，人都變得傻了**。原來在當代中國人的眼裡，日本是傻瓜的天堂；所以，平時為生存非精明不可的中國人，來日本就能放鬆一下了。山東大熊來日本，也能在乍看勤勉如修學旅行的表面下，吐口氣，使自己的身心放鬆一下，恢復日後繼續奮鬥的精力的話，我作為傻瓜國民之一，覺得很榮幸，也滿高興的。怪不得他那麼愛泡溫泉、坐慢車等緩慢旅遊，這都是經濟發達國家人民休閒旅行時的標準項目。

大熊在各地跟日本人進行筆談，寫的該是以漢字為主吧。只是，在中國漢字和日本漢字之間，卻存在著一些不同。例如，日本漢字裡沒有「逛」字。山東大熊王瑞智以修學旅行般認真的態度逛逛日本，看到許多當地人忽視的細節，使這本小書充滿著別人還沒來得及寫下的最新日本實況。既然如此，我好期待以後能看到一整套中國大熊逛世界寫下的旅遊文學。

男 おとこ

日本庶民的口述歷史

——小熊英二《活著回來的男人》

活著回來的男人
中文版：聯經出版

一九六〇年代初出生的日本人文社會學者當中，擁有廣大讀者的有歷史學的加藤陽子（一九六〇年生）、政治學的原武史（一九六二年生）、社會學的小熊英二（一九六二年生）等。加藤有代表作《日本人還是選擇了戰爭》（小林秀雄賞），原武史有《大正天皇》（每日出版文化賞）、《昭和天皇》（司馬遼太郎賞），至於小熊著作則有《單一民族神話的起源》（三多利學藝賞）、《民主與愛國》（大佛次郎論壇賞）等。

二〇一五年，小熊英二的《活著回來的男人：一個普通日本兵的二戰及戰後生命史》又贏了小林秀雄賞。這是他訪問親生父親撰寫的口述歷史。之所以出類拔萃，在於父親小熊謙二是一個只有中學教育程度、出身於社會下層的老百姓，身為社會學家的兒子卻教他把從出生到八十八歲的一生經歷仔細講述下來，並且放在政治社會史的框架裡，寫出了一本真正屬於日本老百姓的口述歷史。

跟普通歷史書往往寫名人或上層人士的生活不同，這本書替廣大庶民講出來：下層日本人怎樣度過從昭和到平成的日子。作為學術著作的口述歷史，和作為文學作品的傳記，即使寫同一個人的經歷，會呈現很不同的面貌。以《活著回來的男人》為例，書寫的兒子徹底排除自己的感情，用社會歷史學家的文筆去記錄父親人生每個階段的回憶。

小熊謙二一九二五年出生在北海道。他家本來是日本海邊新潟縣的素封（注：無官爵封邑而資財豐厚的富人），然而祖父的事業失敗，父親就單身搬去北海道，當代書餬口，並且娶當地旅館老闆的女兒，生了三男三女。可是，六個孩子當中有四個年紀小小就病死，他們的母親也在三十五歲時上了西天。倖存的三子謙二，六歲就跟著祖父母到東京生活。老夫妻在高圓寺租房開糖果店，後來也在菜市場裡開天婦羅攤子。一九三〇年代的東京有許多那樣的小店，同時也開始出現在機關、公司上班的領薪族。

受領薪族子弟的影響，謙二小學畢業後上了早稻田實業中學。那是七七事變後的日子。報紙、廣播都紛紛說日軍如何勝利，但是在市面上許多生活用品都缺少，整體社會的軍國主義色彩則日趨濃厚。四二年，美軍飛機第一次轟炸東京，連謙二上課的校舍都著火。由於戰爭，中學課程因此縮短，他十七歲就任職於富士通信機公司，成了小熊家第一個中學畢業的領薪族。當時，日軍部隊已經在菲律賓等地「玉碎」（編註：第二次世界大戰末期，日本軍隊以「玉碎」來代稱守軍全體陣亡的情況），當有人被徵兵上陣，都已沒了揮國旗歡送的儀式。家裡吃的糧食常常短缺，更長期無法吃到甜食。四四年，謙二接受了徵兵檢查，但是身體虛弱，本來該免除服役的。未料，日本軍隊極度缺人，竟叫剛滿十九歲的謙二參軍。

謙二的部隊被送到中國東北加盟了關東軍。但是沒有像樣的武器，分配給士兵的只有當飯碗水桶用的竹筒。體質虛弱的謙二成為老兵虐待的對象，每天挨打。四五年八月九日蘇聯軍突然進攻，十四日日本向盟國投降。在東北，全體部隊被載上貨車，送到西伯利亞強制勞動去了。成了蘇聯俘虜的日本兵有六十多萬，其中一成喪命；這比例好過日軍收容所裡的盟軍俘虜約三倍。後來的三年，謙二被迫從事從土木建設到收割穀物的各種體力勞動。但是，基本上沒有被蘇聯人打過，反之有中老年婦女同情而給他東西吃。四八年，謙二看到自己的名字在第三批遣返人員名單上，八月底抵達了日本。他去新潟縣老家，那裡有父親和妹妹，但戰後日本很貧窮，吃得甚至不如蘇聯收容所。他在新潟和東京做了幾種工作，但薪水都不夠養活自己。五一年，謙二患上肺結核，在療養所待了五年。當時抗生素還沒普及，他動手術，割取了七根肋骨。終於能夠出院的時候，謙二已經三十歲了。

一九五六年，日本流行說「已經不是戰後了」，高度經濟成長開始啟動，但是謙二自己卻一無所有。他投靠在東京學藝大學當文員的妹妹，兄妹倆住的房子沒有自來水也沒有瓦斯爐，乃全日本最下層的生活。五八年，謙二通過妹妹的關係找到一份工作，是去各所學校推銷體育用品。最初賣的是上體育課用的橡皮球之類。後來隨著經濟復甦，越來越多日本人開始玩業餘棒球、排球、滑雪、高爾夫球等。謙二賺的佣金很快就超過了大學畢業生的起薪。五九年，他申請住公共房屋，但申請者太多要抽選，第三次終於入選，跟妹妹和父親搬進了兩小房加廚房及小院子的租賃公寓單位。屋裡有自來水和瓦斯爐，鄰居是下級公務員等，戰後約十五年，謙二的生活才算恢復到戰前的水平。他買了黑白電視機、洗衣機、電鍋。一九六一年，謙二跟妹妹的老同學結婚；新郎三十七歲，新娘是三十二歲的寬子。她離過婚有一個孩子，但是謙二自己的條件也不是很好，算是門當戶對。

一九六二年，親生兒子英二出生。寬子是小學校長的女兒，對孩子的教育非常熱心，除了幫孩子定期閱讀教育雜誌以外，過生日還會買來蛋糕讓孩子吹滅蠟燭等，都是謙二之前沒接觸過的中產階級文化。六五年公司倒閉，謙二自己成了體育用品商店的老闆。生意很好，六七年買了電話，六八年買了彩色電視機，六九年則買了房子，乃四房二廳，具備空調和屋頂花園的水泥房子。生活迅速改善的原因，一個是國家經濟成長，一個是謙二勤勞節約，再一個是寬子聰明賢慧。然而，好事多磨，七二年，初中三年級的繼子從屋頂摔下去世，傷心的寬子主張非得賣掉房子。經過高樓公寓的生活後，七八年又在西郊八王子蓋了六房二廳的洋房。起居室裡鋪了波斯地毯，掛了枝形吊燈，還放了鋼琴。都是寬子提出的主意，謙二負責掙錢養家，十年內付清了貸款。

一九八五年，謙二六十歲，可領到養老金，就把事業逐漸讓給較年輕的同僚了。退休以後的謙二參與環保等市民運動，通常是由東京郊區的家庭主婦們發動的。一九九一年，蘇聯的最高領導人戈巴契夫訪日，帶來了曾在西伯利亞收容所死亡的日本俘虜名單。謙二跟老戰友一起參加旅行團去西伯利亞，找日本人墓地向客死的戰友燒香獻花。同一時期，日本政府向西伯利亞俘虜支付一人十萬日圓的慰勞金，但是對象不包括原殖民地出身者。謙二的難友裡有個姓吳的朝鮮人，戰後回到中朝邊境附近的延邊，在文化大革命時期，由於跟日本的關係，挨了殘酷的批鬥。謙二最初替自己申請了慰勞金，之後把一半的五萬圓送給了吳先生。未料，中國朝鮮族原日本兵和遺族約兩百五十人決定跟日本政府打官司，要求跟日籍兵同樣的待遇，希望謙二做共同原告。他同意了，並且招待來日本訴訟的吳先生去伊豆半島洗溫泉，可是最後東京法院沒有承認他們的請求權。二〇一五年一月，寬子去世。八十九歲的小熊謙二，仍一個人住在八王子的洋房，自己料理家務，還開車去買東西。最後被社會學家兒子問及人生最重要的是什麼，他坦然地回答說：**希望，只要有它，人就能活下去**。

書名《活著回來的男人》指的是，沒有在戰場上、西伯利亞收容所裡去世的意思。整本書的筆致很平淡，可是給讀者留下的印象滿清楚深刻的。小熊謙二是勇敢的普通人，他的講述給廣大日本老百姓爭取了榮譽。

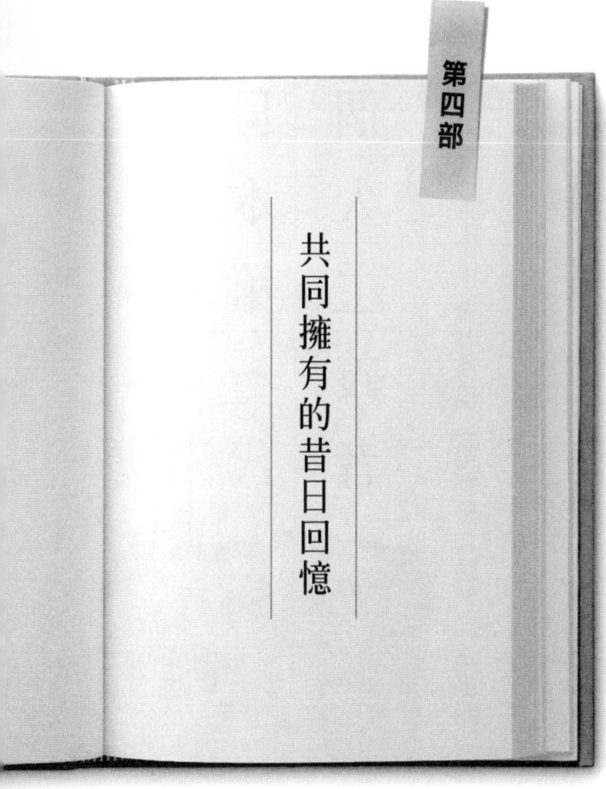

第四部

共同擁有的昔日回憶

男 おとこ

日本第一代個人主義者

——永井荷風《美利堅物語》《法蘭西物語》

美利堅物語
法蘭西物語
中文版：新雨出版

在近代日本文壇上，永井荷風（一八七九——一九五九）留下的傳說，可說比哪個小說家都多。例如：他晚年經常出沒於東京淺草六區的脫衣舞場，跟年輕舞女們來往頗為頻繁密切；他去哪裡都帶著裝了全部財產的旅行包，果然他孤獨病死於東京東郊市川的小屋時，放在遺體旁邊的包包裡，有二千二百三十四萬日圓的銀行存摺和現金三十一萬日圓。

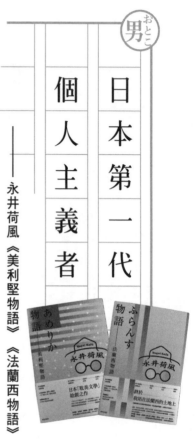

話是這麼說，永井荷風又絕不僅是個瘋瘋癲癲的奇才。從一九一七年到一九五九年去世的前一日，他每天都寫的日記《斷腸亭日乘》廣泛被視為對於當時日本社會最客觀、深刻的觀察紀錄。作者瞑目後，不光是分成七冊出版，而且至今經常作為二十世紀中期日本社會的真實寫照，被多數作家、學者參考或者引用。

《美利堅物語》、《法蘭西物語》兩本書，乃永井荷風從二十四歲到二十九歲（一九〇三——一九〇八），在美國和法國生活了前後共五年的時間裡，當場寫下的散文和小品，回國以後集結而成的書。先出版的《美利堅物語》贏得了夏目漱石、森鷗外等當年文壇泰斗的肯定，給他帶來了在《朝日新聞》上連載長篇小說，並在慶應大學任職文學系主任等工作機會。

然而，本來準備跟著問世的《法蘭西物語》卻被日本政府禁止發行，直到第二次世界大戰結束，新憲法保障了國民的言論出版自由之後，才以原樣得以發表。究竟是該書的哪一部分有什麼問題，一向沒有來自官方的具體說明。不過，一般認為，大概是〈雲〉中的外交官小山貞吉，無論對國家還是對愛情都玩世不恭的態度，或者劇本〈異鄉之戀〉的主角，對日本現代化的冷嘲熱諷，惹起了愛國官僚之憤怒。

荷風旅美旅法的二十世紀初，在近代史上，乃日本正打贏俄國，國民的「大國意識」越來越膨脹的年代。比他約早十年旅英的夏目漱石（一八六七——一九一六），在為期一年半的留學期間（一九〇〇——一九〇二）裡，患上神經衰弱，只好提早回國，顯然是與歐洲文化格格不入所致。回日本以後的漱石，放棄原來的英語教學工作而投入寫作，相信跟在倫敦時的經驗有直接的關係。跟荷風屬於同世代的中國作家魯迅（一八八一——一九三六），也在一九〇二年到〇九年留學日本期間，課堂上看到日俄戰爭幻燈片中的同胞，決定放棄醫學而要從事文學創作。可見，漱石和魯迅，都身為近代以後各自國家第一批的留學生，在海外為「落後」的祖國深刻煩悶，結果決定通過寫作為祖國的現代化做出貢獻。他們對自己國家社會的批判，是來自對祖國的強烈認同。

反之，永井荷風屬於第二代的留學生，出國的目的不再是為了國家而是為了自己。換句話說，他是近代日本第一代的個人主義者。具體而言，他衷心想要通過波特萊爾等人的文學作品耽溺於憧憬不已的法國文化環境裡。由荷風看來，比起古老優雅的法國文化，過於健康的美國新大陸文化是微不足道的。所以，待在美國的四年裡，他除了為生存做大使館和銀行的差事以外，主要是學法語，讀法國文學。

他關心自己的人生遠多於擔心祖國的未來。正如〈雲〉中的外交官小山說：「**我真想被愛**

國的熱誠折磨到晚上都睡不著覺的地步，然而實在不可能。既然實在不可能，我就想要斷然辭職，並脫離國籍，成為無國籍流浪的猶太人或吉普賽人。但那也只是想要，實際上卻是什麼都不做，懶惰地過日子而已。」可見，愛國的官僚有足夠的理由被惹火。同時，以這種心態耽溺於巴黎後巷的結果，後來的評論家也說：「荷風是寫出了都會憂鬱的第一個日本小說家」。

極度崇拜法國文化的荷風，對包括祖國日本在內的亞洲文化，好像只感厭惡和憎恨。看《美利堅物語》中對唐人街、《法蘭西物語》中對新加坡的描述，恐怕讀者會有這樣的印象。可是，正如他在回日本的旅途上寫下的〈惡感〉最後一句所說，作者真正厭惡的是二十世紀初的「很低級，不知哪裡來的殖民地」狀態。也就是說，為了趕上歐美列強，輕易放棄原有的傳統文化，凡事要模仿西方國家的「殖民地心態」才是荷風最唾棄的。

所以，回日本以後，他講授法國文學以外，倒開始耽溺於仍保留江戶文化的花街柳巷。一九一五年出版的《日和下駄》就是他穿著木屐拄著枴杖在東京市區散散步，要尋找江戶遺香的紀錄。一九三〇年代發表的小說《濹東綺譚》、《梅雨前後》等，則均是以東京隅田川東邊，世人認為低級的紅燈區為背景，寫妓女生活的作品。表面上看來，作者的品味很守舊；實際上，他是在被現代化遺忘的舊市區角落，發現跟巴黎後巷共同的生活味道。

日本的比較文學家川本皓嗣說：荷風憎恨自己所處的現實，而無限憧憬未見之美，如此這般浪漫的旅人或者可稱為「自我放逐者」，乃明治維新四十年後在日本才第一次出現的。的確，跟憂國憂民的漱石、魯迅不同，荷風專門關心藝術，除了醉心於波特萊爾、莫泊桑等人的文學作品以外，還積極享受、研究當年在巴黎流行的音樂、歌劇等。對荷風寫下而收錄於《法蘭西物語》中的歐洲音樂評論，當代行家的評價也頗高。很難相信他跟在倫敦苦學騎自行車的漱石，年齡相差只有一輪。

永井荷風也被稱為近代日本社會產生的第一位唯美主義文學家，給後來的谷崎潤一郎等「耽美派」作家開了路。實際上也是荷風從法國回來任職於慶應大學的時候，把谷崎的小說登在該校發行的《三田文學》雜誌上，幫他登上文壇的。而且跟荷風一樣，谷崎最初也為西方美學所傾倒，後來卻寫長篇評論《陰翳禮讚》、小說《細雪》等發揚日本傳統之美。

在今天二十一世紀初的日本人看來，夏目漱石處於近代前夕。永井荷風，雖然比他僅僅小一輪而已，但是給人的印象則完全不同：好比是我們的同代人。他寫的文章，今天看來都非常新鮮，可讀性特別高，一點也沒有陳舊的感覺。

最後加點私話吧。我畢業的高中現在稱為筑波大學附屬高校，原名則叫東京高等師範學校附屬中學。其厚厚一冊畢業生名單裡，就有第六屆畢業生永井壯吉，即後來的永井荷風之本名。我是第八十八屆，也就是比他晚八十二年的畢業生。我剛上高中的時候，荷風早就不在此岸了，可是他生前撰寫留下文稿的黃色書刊《四疊半隔扇下貼》，由一份雜誌刊載，而東京檢察廳以販賣猥褻文書之罪名告發了雜誌社的社長和總編輯。無知的中學生根本不曉得，但是在日本司法歷史上，《四疊半隔扇下貼》案件和英國作家勞倫斯作品《查泰萊夫人的情人》案件乃兩宗最有名的猥褻文書審判案例。該案件出名的原因，除了作者永井荷風的文名頂大以外，還有出版社方面叫來了好幾個著名作家如丸谷才一、開高健、吉行淳之介、有吉佐和子、五木寬之等當證人，果然大眾傳媒紛紛報導了。一九八〇年，日本最高法院最後把《四疊半隔扇下貼》審判為猥褻文書，命令社長和總編輯各付十五萬、十萬日圓的罰金。如果荷風學長還健在的話，會輕鬆打開隨身帶著的旅行包，替他們付了共二十五萬日圓嗎？恐怕不見得。因為有關他的傳說中，就有一則說荷風特別小氣。而大家都相信那是他在巴黎的期間跟法國人學的。難道全世界最以吝嗇聞名的民族，不就是荷風最崇拜、想念、留戀了一輩子的法國人嗎？

女おんな

那三角紅屋頂房子

——中島京子《東京小屋的回憶》

幾年前看台灣紀錄片《Viva Tonal 跳舞時代》，我才得知：一九三〇年代的台北曾有過享受現代娛樂如流行歌曲、交際舞、西餐等等的摩登青年。中島京子的《東京小屋的回憶》講述的正是那個年代在東京郊外，剛開始出現的小洋房裡，經營核心家庭的平井家三口人以及農村出身的年輕女傭多喜的故事。講述者是七十年後，單獨度過晚年的老多喜；她把當年在平井家生活的回憶用鉛筆寫在本子上，給偶爾來訪的外甥次男健史看。可是，現代年輕人不能相信軍國主義分子橫行的年代，日本小市民的生活中其實充滿著樂趣，而且是舶來的樂趣，如聽西洋古典音樂、去百貨公司的西餐廳吃飯、期待預定一九四〇年在東京舉辦的奧運會。正如受黨國教育長大的台灣導演們，事前無法想像在殖民統治下也會有都市化的消費生活和快樂的青春回憶。

以《寅次郎的故事》聞名的山田洋次導演，看到小說家中島京子（一九六四——）二〇一〇年獲得了直木賞的《東京小屋的回憶》，親自寫信給作者說：「我對那時代很熟悉，覺得自己應該把這個故事拍成電影。」結果完成的影片，給飾演了多喜的黑木華帶來了柏林影展最佳女演員銀熊獎。原來，山田導演一九三一年在大阪出生的時候，他們家就住在父親設計的三角紅屋頂小洋房裡。兩年以後，全家因為父親在「滿鐵」（南滿州鐵道）的職務搬去大連，而殖民城市大連正是日本人在歷史上第一次經營核心家庭生活的都會。本書中的平井家也沒有老人同住，因而主婦時子方能享受到相當大的活動自由：一個人去聽音樂會，趁丈夫不在家請姐姐、老同學過來邊喝紅茶邊聊天。如果有公公婆婆同居的話，年輕兒媳婦不可能有如此大的自由，於是構成本書最重要橋段的祕密也不可能發生。

另一方面，平井家過的東西折衷小資產階級生活，也是有了具備沙發和留聲機的西式客廳才能成立的。也就是，他們住的三角紅屋頂房子本身可說是小說主角。果然，多喜對當年的生活終生都非常迷戀；她不僅憧憬美麗的太太時子，掛念身體虛弱的少爺恭一，而且衷心捨不得那棟洋房和曾屬於自己的女傭間。在第一章最後，晚年的多喜寫道：**我是多麼喜愛那只有兩個榻榻米大的房間，但即使寫出來，別人大概不理解吧。**跟她年齡相差約半世紀的健史確實不理解。可是，跟作品中的恭一差不多同齡的山田導演則非常理解。有趣的是，一九六一年公映的他的頭一部作品《二樓的他人》裡，已經出現三角紅屋頂的「文化住宅」。當時的山田還年輕，思想也左傾，顯然斜眼看著它所代表的小市民式幸福。然而，半個世紀過去，八十多歲的導演卻似乎要雙手擁抱紅屋頂洋房裡的小資生活。

作者中島京子的父母親都是法國文學家，旅居法國的姐姐又是個散文家，兩姐妹從小看很多書長大，對美國作家維吉尼亞・李・巴頓（Virginia Lee Burton）一九四二年發表，十年後迪士尼公司拍成動畫片，五四年由岩波書店刊行石井桃子譯日文版的繪本《The Little House》（台譯《小房子》，遠流出版），也自然很熟悉。碰巧，山田洋次也在自己的孩子幼小的時候，經常念這本書哄小朋友睡覺。

一九三〇年代的東京出現東西合璧的「文化住宅」，乃二三年的關東大地震中，舊有的純日本式房子化為灰燼所致。也就是說，它是帝都東京復興的標誌。然而，二九年源自美國的大蕭條，也造成日本農村的極度貧困。正如在書中多喜講述，不少家庭只好把女兒賣出去，否則全家會餓死。相比之下，她來東京的中產階級平井家當女傭，穿上太太穿舊的摩登圖樣絲綢和服，睡在屬於自己的女傭間，算是滿幸運的。當三五年三角紅屋頂洋房剛完工的時候，全家包括在玩具公司做事的平井先生在內，都天真期待著五年後要舉辦的東京奧運會。翌年發生了二二六恐怖事件和七七事變，但他們還以為是個別的事件，並且相信整體情勢即將穩定下來。連同年底日軍攻占南京的始末，大多日本人也不知道詳情，單純當作提燈籠參加勝利遊行並趁機逛百貨公司買特價品的機會。

然而，在中國大陸的戰事陷入泥淖，平井先生的年輕部下也一個一個地被徵兵去，年輕女孩想嫁社會上也都沒了合適的對象。同時，各種物資越來越欠缺；多喜不得不給平井先生喝加了水增量的日本酒。那曾經確實存在的日本式「摩登文化」，猶如曇花一現般的消失，本來預定於一九四〇年舉行的東京奧運會則化為幻影了。戰事、經濟、外交各方面的僵局影響到社會風氣，促成不合理的思維瀰漫日本。四一年十二月八日，日軍戰機突襲夏威夷珍珠港向英美開戰，理性看來，不外是國家自滅的開始。沒多久工夫，美國戰機開始飛來東京轟炸。多喜只好離開平井家，回東北鄉下照顧從東京來避難的一批小學生。孩子們之間的欺凌、虐待非常嚴重，讓她擔心上了中學被動員去軍需工廠義務勞動的恭一。四五年春天的東京西部大空襲中，平井夫婦雙雙躲進院子裡挖的防空洞，結果被活活燒死。

戰後日本人的集體記憶，從四五年夏天戰敗時的廢墟開始。在美國占領下的復興和日美安保條約框架裡的經濟發展，成為新生日本的創世紀。久而久之，大家忘記了其實在軍國主義猖獗以前，日本其實有過「東方摩登」的美麗日子，三角紅色屋頂的洋房可以說是其象徵。已故作家向田邦子曾說過：戰前日本中產階級的生活文化水準其實滿高，她本人就是在那樣的環境裡成長的。但凡是肯定戰前日本的言說，長期都被社會風氣否決。所以，在《東京小屋的回憶》裡，作者中島京子特地讓健史代表社會大眾，一一向老多喜寫下的美麗回憶提出疑問。中島曾多年從事女性雜誌的編務，為寫這部作品翻看了許多當年雜誌，從中得來的衣食住行各方面的生活細節，給作品添加了看頭和魅力。

至於影片《東京小屋的回憶》，不愧為名導演山田洋次的作品，很成功地把小說搬到銀幕上去了。不僅是得了銀熊獎的黑木華，飾演時子的松隆子等人的演技也出類拔萃，而且美術、音樂、衣裳等都做得很出色。我對影片唯一不滿的是山田導演對異性戀的偏頗似乎過頭。相比之下，中島京子的原作對多喜長年懊悔的具體內容和晚年經常嚎啕的原因，給讀者留下充分想像的空間。正如作品裡時子的老同學睦子跟多喜講，**戀情，尤其是年輕女孩的戀情是很複雜的**。多喜即使背叛至愛的時子都要保護的究竟是什麼？跟任何文學傑作一樣，小說《東京小屋的回憶》在讀者腦海裡留下直接牽涉到人性本質的謎，教我們回味無窮。

東京慰安所

——乃南朝《星期三的凱歌》

女作家乃南朝二〇一五年問世的長篇小說《星期三的凱歌》，以第二次世界大戰結束後，為了娛樂美軍士兵，日本政府在東京等地開設的慰安所為背景。主人翁是十四歲的少女二宮鈴子。她在東京老市區本所長大，本來跟開運輸公司的父親、家庭主婦的母親、兩個哥哥和一個妹妹，過著很幸福的生活。然而，戰況惡化以後，父親因車禍過世，大哥去打仗喪命，二哥也被徵兵生死不明，家在美軍空襲中燒掉，妹妹則在母親避難的路上找不到了。一九四五年的東京好比是廢墟，學校也停課，聽到終戰的消息，鈴子的心情完全空虛。然而，曾經是賢妻良母的母親，卻為養活自己和女兒，一下子變得能幹起來。只是，她做的工作，教鈴子難以接受。因為母親是為RAA（Recreation and Amusement Association，日文名稱叫「特殊慰安施設協會」）當英文翻譯。

小說裡，雇用鈴子母親的單位，在戰後日本確實存在過。一九四五年八月十四日，日本同意中美英三國提出的波茨坦公告，向同盟國無條件投降；十五日正午天皇通過廣播向全體日本人告知戰爭結束；三十日，駐日盟軍總司令道格拉斯•麥克阿瑟元帥抵達了東京。在這之前，日本政府內務省已經下令成立了RAA，八月二十八日在皇宮廣場舉行宣誓儀式，並且在東京大森海岸把原宴會廳匆匆改裝而成的小町園慰安所，由一百五十名慰安婦接待了第一批美國士兵。據《紐約時報》著名記者紀思道的報導，那天有個慰安婦為四十七個美國兵提供了服務。在《星期三的凱歌》裡，鈴子那天就在小町園。母親擔心女兒被侮辱，親手拿剪刀把鈴子的頭髮剪掉，並教她打扮成男孩子模樣。慰安婦主要是通過報紙廣告徵募的。例如《每日新聞》上的廣告寫道：緊急募集特別女子從業員，提供衣食住，支付高薪、上京交通費，亦可預支，東京都京橋區銀座七之一（按：現歌舞伎座所在地），特殊慰安施設協會。

設立RAA的目的是教慰安婦擔任「防波堤」的角色。當年日本人普遍害怕「鬼畜美英」士兵登陸以後，會隨意凌辱戰敗國日本的女性。可以說，日本人把本國軍隊之前在海外戰場上的行為投射在盟軍身上了。為了保護廣大女性的貞潔以及民族血液的純正，日本官方主動開設了慰安所。具體的內容則是前首相，當年的國務大臣近衛文麿，八月十九日向警視廳總監要求「主動保護日本女孩子的純潔」，然後由奉命的警方向各地機關和娛樂行業團體下達命令開設慰安所。三個月內，東京地區開了二十五個慰安所，然後遍布到日本各地，慰安婦總數達到了四千名。包括舞女、吧女，或者小說中的鈴子母親那樣屬於後勤的女性，被RAA雇用的女性達到了五萬多名。鈴子的母親，除了在RAA工作以外，還跟一名美軍中校交上了朋友。有了那麼個男朋友，她能得到一般日本人根本吃不到的高級食品，可以去日本人禁入的美軍商店買東西，或者通過他的關係送鈴子去讀好學校。眼看母親勢利的行為，十四歲的少女心中感到痛苦。

關於RAA以及日籍慰安婦，過去也有不少小說、報導文學、學術論文等，更有著名的男扮女裝藝人美輪明宏自寫自唱的《祖國和女人們》（從軍慰安婦之歌），強而有力地揭發國家政策對女性的殘酷。這次乃南朝特地撰寫長篇小說，估計跟近年日本和韓國等國家之間就慰安婦問題的糾纏有關。一九九〇年代以後，外國的慰安婦紛紛出來要求日本政府道歉賠償。然而，日本本地的慰安婦則保持沉默。紀思道的報導說：她們當時年紀從十八到二十五歲，後來下落不明，估計一九五〇年代就離開了東京，然後一輩子閉嘴不提當年經驗或者由於性病等後遺症年紀輕輕就去世。雖然日籍慰安婦和外籍慰安婦之間有各方面的不同，但是正如在《星期三的凱歌》裡的鈴子目擊，也有本來跟風月場所沾不上邊的良家千金，由於在戰爭中失去了家人、住房、工作、財產等一切，為了生存只好當慰安婦，卻受不了身體和自尊蒙受的糟蹋，在鐵路軌道上自尋短見等的淒慘例子。

標題《星期三的凱歌》有幾個含義。首先，日本投降的一九四五年八月十五日是星期三。雖然戰敗了，但是不少日本人也覺得那是解放，因為不用再打仗，等著被殺死了。然後，翌年三月二十七日星期三，營業了七個月的RAA，由於在美國士兵之間蔓延了性病，盟軍方面下令關門。這麼一來，從由RAA在各地經營的慰安所和舞廳、酒吧等娛樂設施，幾萬女人被迫出來湧入街頭，從此她們非得變成自營業者了。可是，占領軍方面和廣大日本社會都視她們為汙物，因此展開「打雞作戰」，把她們載上卡車送到保健所去，強制檢查有沒有性病。小說裡，鈴子母親的兩個女同事也受到牽連，結果氣得要命。一個舞女叫喊：「**記住吧，你們日本男人！個個都是給女人生的，卻忘恩負義，只管利用。打仗時說，多生孩子報國；戰敗則說，好好娛樂白人。你們丟盡臉了，日本男人！連自己的女人都沒能保護，算什麼日本男兒、大和男子呀，王八蛋！記住吧，你們一定給人報復，不是給美國人，是給我們日本女人！**」再過一個星期，一九四六年四月三日也是星期三。這天是戰後第一次的日本眾議院議員選舉報名截止。一週前，大聲叫喊的那個舞女果然報名要從政了。再過一個星期的四月十日星期三，在日本歷史上第一次，三十九名女性議員當選，包括那舞女在內。

《星期三的凱歌》從二〇一三年三月到二〇一四年八月，連載於《小說新潮》雜誌上。作者乃南朝一九六〇年在東京出生，八八年以《幸福的朝食》出道，主要寫推理小說，九六年以《凍牙》獲得了直木賞。《星期三的凱歌》是一本可讀性很高的好書，甚至教人手不釋卷，我大力推薦。

男おとこ

日本製造的保母

——花森安治《生活手冊》

日本有份雜誌叫《生活手冊》（暮らしの手帖），乃一九四八年創刊的雙月刊。該雜誌的創刊總編花森安治是二十世紀日本出版界最有名的編輯之一。他在西化的港口城市神戶生長，從小對美情有獨鍾，甚至上東京大學攻讀了美學。然而，當年日本正邁進戰爭之路，社會風氣不容納對美的追求，使他對戰爭的醜陋終生恨之入骨。一九四五年日本戰敗以後，花森決定要通過出版事業美化日本的家庭生活。他認為：**好的生活不外是合理、乾淨、美麗的生活**，顯然受到美國式生活哲學的影響。

花森安治編了三十年的《生活手冊》，可說是全日本在美學上和精神上最乾淨的雜誌。它從不刊登任何廣告，為的是不受贊助者的影響，因而保持百分之百的言論自由。《生活手冊》對日本家庭生活品質的改善所發揮的作用實在不小。從一九五四年的第二十六期起，直到一九七八年花森去世，都刊登了商品試驗報告。在第二十六期上，花森就寫道：「**我們希望幫助日本製造的商品品質哪怕一點一滴也能逐漸提高。**」為此目的，編輯部成員從襪子、火柴、鉛筆、刮刀、醬油、燈泡等等日常用品開始，每期進行了品質的比較測驗，把結果連帶公司名字都發表在雜誌上，使各家製造商害怕極了。而且為保持中立，花森一定會付錢購買一切商品，絕不受賄，不留情面。

反映出當年彼此國力的強弱，初期拿英美製造的產品來比較，日本製商品幾乎一定會輸。一九六〇年做的煤油爐試驗，至今在日本仍膾炙人口。《生活手冊》編輯部同仁把六家日本公司的商品和英國Aladin公司的Blue Flame牌煤油爐拿到大冰箱裡臨時蓋的小屋去，記錄了室內暖和到一定溫度之前，所需要的時間、消耗的煤油量、油味的有無等等。為了試驗安全性，他們也要看：爐子傾斜到什麼角度才會倒下？如果燃燒中倒下了會導致什麼後果？為安全起見，最後兩項試驗在公司車庫裡，拉下百葉窗進行。結果，日本製造的六種煤油爐，都幾乎一倒就馬上有火焰冒到天花板去，大夥兒只好匆忙用沙子滅火。然而，只有英國製造的倒下了以後，火焰都關在裡面沒有冒出來，過一分鐘後豎起來時，則什麼都沒有發生似的繼續燃燒了。雖然價錢比國產貴一倍，編輯部還是決然向讀者推薦了英國產品，使之一時成為供不應求的暢銷品。果然，Aladin公司的Blue Flame牌煤油爐，直到半世紀後的今天仍然在世界市場上受到各國消費者的歡迎。至於那年全體輸給英國的日本製造商，到了一九六八年的試驗，才證明日立、三菱、夏普等公司做的煤油爐，品質上能跟英國製造的比肩了。

日本經濟高度成長的一九六〇年代，家用電器逐漸普及，洗衣機、電冰箱、吸塵器是當年每個家庭都想要買的三大件，《生活手冊》當然要做多次試驗了。接踵而來的吹風機、蒸氣電熨斗等等，一一經過《生活手冊》的篩選進入了日本家庭。雖說日本廠家也生產同類商品，可最初還是全輸給歐美產品了。然而，一九七二年編輯部忽而發現：美國製電熨斗的品質大不如前了。為了證實，他們在不同的商店購入十八台，並且對每一台做了五次試驗，結果其中十三台居然有缺陷。那可是大名鼎鼎的美國通用電器公司產品啊，怎麼可能如此差勁？果然，越南戰爭的困境影響到美國的整體經濟了，顯然生產線上的品質管理出了問題。相比之下，日本經濟這時已經復甦，從此在家用電器的領域裡，不僅不輸給歐美，而且在細節的好用程度上往往有凌駕人家的勢頭。

我是在日本經濟高度成長時期長大的，至今仍清楚地記得，當年日本人對美國製品的強烈憧憬。他們的冰箱那麼大，裝在裡面的食品如牛排、牛奶、番茄醬也是那麼大。相比之下，日本產品像是給小朋友用來扮家家酒似的。然後，我一九八〇年代出國，前後去了中國和北美。當年在中國，印象最深刻的日產電器是卡西歐的鍵盤，哪裡的舞會都有人彈著伴奏音樂。去北美，我則意外地發現仍有老年人不肯購買原先的敵國日本商品。有個加拿大朋友的父親，曾經在打仗年代被徵去軍需工廠服務，四十年過去了，還是不願意買SONY的攝影機，可是在商店裡就是沒有更好或者一樣好的。

轉眼之間，又過了三十年。最近在網路上訂購稍好的東西，如Nike的運動鞋、蘋果的iPod，凡是包含刻印名字等個人化過程的成品都從上海發送過來。到底在哪裡做的刻印作業，日本消費者被蒙在鼓裡完全不知道，畢竟在訂購程序上也沒有顯示商品是中國製造的。同時，我也注意到了有大量新聞報導：春節時期眾多中國人來「爆買」電鍋、保溫瓶、洗淨便座，教這些年清貧慣了的日本人極度吃驚。我們早就聽說中國成了世界的工廠，那麼究竟人家是看上了日本物價低嗎？還是品質管理好嗎？知道美化家庭生活的始祖是花森安治嗎？總之，物慾是人的本能之一，有了經濟條件就想出國買東西亦算人之常情吧。只是，當年對我們來說，美國太遠了，電冰箱太大了。相比之下，日本國民生性傾向於小巧玲瓏，作為中國人購買旅遊的目的地顯然具有強勢，何況在兩個國家之間，始終只有一衣帶水。

男（おとこ）

小說家的預言

——田中康夫《三十三年後的不由得，水晶樣》

1

小說家有時候無意間扮演起預言家的角色來。

我清楚地記得一九九五年一月的日本阪神大地震前一週，著名作家野坂昭如在《週刊文春》上連載的專欄裡，講到半世紀以前的神戶空襲，並且文末加了一句道：我腦海裡現在就看得見神戶即將又一次變成廢墟的畫面。當年我住在香港，當收到從日本航空寄來的雜誌之際，無線電視台的新聞節目正在播送著神戶市區遭大地震的破壞，高速公路斷裂，到處發生火災的地獄般場面。

說到田中康夫一九八一年問世的小說《不由得，水晶樣》（なんとなく、クリスタル），中年以上的日本人本來大多會要麼皺眉或者捏著鼻子說：**簡直就是「商品目錄」，太膚淺了吧！**誰料想得到，二〇一五年初，其續篇《三十三年後的不由得，水晶樣》（33年後のなんとなく、クリスタル）出來以後，眾多文學評論家們的態度不變，紛紛「發現」其實原作在膚淺的表面下埋藏著重要的預言，於是忽然捧著《水晶》說是當代日本的《資本論》、《啟示錄》、《追憶似水年華》等，真是熱鬧至極。

《不由得，水晶樣》在日本文學史上，第一次寫出了以高檔消費為生活核心的一代人。主人翁由利是東京青山學院大學英文系的學生；父親任職於大商社，她小時候就隨父母去倫敦住過幾年，回日本後在神戶定居到高中畢業；然後，父親調至雪梨，母親則跟著他，千金由利單獨去東京讀大學。富家女兒長得也很美，大學一年級就開始當時裝雜誌的模特兒，賺來的零用錢多於普通上班族的月薪了，因而穿得起世界名牌的服裝，吃得起一流法國餐廳的套餐，住得起黃金地段原宿表參道，交得起大學生兼音樂家的帥哥男朋友淳一。

由利一九五九年在日本出生，從來沒為衣食住行發愁過，也沒認真思考過人生目的等嚴肅問題。對她來說，穿著名牌服裝，光顧高級餐廳，住在黃金地段，擁有人人稱羨的男友，都是舒適的生活不可缺少的因素。書中，她對一夜情對象說：「**可說水晶樣，我對生活的感覺。沒什麼煩惱之類。**」那句話就是標題的來源。後來，日本媒體把由利所代表的一群人命名為「水晶族」。

然而，對當年大多數日本人，尤其是比她大一輩的知識分子來說，那種物質主義的生活方式是絕不可容忍，甚至要唾棄的。何況，田中寫的小說附帶了多達四百四十二個注解，煞有介事地給無知的讀者介紹：日歐美的服裝、皮鞋、皮包品牌，東京各區著名的餐廳、酒吧、有服裝規定的迪斯可舞廳、一塊蛋糕貴過一碗麵的甜品店、專門經售舶來食品的高級超市、會員制健身中心，還有發自美國西岸的音樂曲名，以及由利他們常使用的英文俚語之語義等等。難怪當年的文學評論家們批評《不由得，水晶樣》為「商品目錄」了。

儘管如此，二十四歲的一橋大學法律系學生田中康夫寫的第一部小說，不僅獲得了一九八〇年的文藝賞，而且第二年初單行本出版以後，一下子賣了一百多萬本，輕鬆成為那年第三名的暢銷書。我相信多數讀者們真的把它當作「商品目錄」或者東京高檔消費指南書看了，雖然他們自己暫時只有憧憬的分兒。五年以後，日圓兌美元的匯率一夜之間升了一倍，歷史性的泡沫經濟影響到全體日本社會，從上到下都開始搶購名牌了，好比大家要學《水晶》中由利他們的生活態度一樣。

現在回想，在當年日本文壇上，真正看懂《水晶》的行家少之又少。比田中康夫大五歲的小說家高橋源一郎（一九五一—）可說是少見的例外。他注意到：多達四百四十二個注解，其實不是給讀者提供客觀資訊的，反之作者以主觀且諷刺的語調，對日本的社會文化提出頗似挑撥的評論。例如，注解第二百四十九，關於「品牌」的解釋寫道：**有些文學評論家說，這部小說中的人物好比是時裝店的人體模型一樣，然而他們自己難道不是拘泥於學歷、頭銜等另種「品牌」嗎？有些新聞記者說，這部小說裡沒有生活，然而他們自己去掉了報社的徽章以後，豈不誰都不是了嗎？**於是高橋源一郎說：《水晶》的本體其實在於注解，小說部分反而像附屬品。

直到三十三年後續篇問世，大家才注意到了原始《水晶》公開擺著個祕密。第四百四十二個，也就是最後一項注解，講完了Diorissimo牌香水以後，作者沒有加任何說明，也一點不裝飾，就把兩組統計數字放在了小說末尾。第一組是當時日本的總合出生率（即一個女性一輩子裡生下的孩子平均數）：一九七五年一・九一，一九七九年則一・七七。第二組是國家總人口裡六十五歲以上老人所占比率的逐年預測：一九七九年八・九％，一九九〇年十一％，二〇〇〇年十四・三％。

續篇《三十三年後》的最後，果然放著過去三十三年來生育率和高齡化率的變化。首先是生育率：一九八〇年一・七五，一九九〇年一・五四，二〇〇〇年一・三六，二〇〇五年一・二六，二〇一〇年一・三九，可說直線下降。另一方面，老人比率則為：一九八〇年九・一％，一九九〇年十二・一％，二〇〇〇年十七・四％，二〇〇五年二十・二％，二〇一〇年二十三％，二〇一三年二十五・一％，只能說是猛烈上升。可見，過去三十三年裡，日本的「少子高齡化」來得比當年政府的預測快而嚴重很多。令人目瞪口呆的是：日本媒體開始大幅報導「少子高齡化」問題是一九八九年的事情，因為該年出生率打破了歷史上的最低紀錄。

現在，大家終於注意到了：看來像膚淺「商品目錄」的《不由得，水晶樣》，不僅預言了泡沫經濟和名牌熱的到來和退潮，而且預言了泡沫破裂以後，「少子高齡化」即將成為涉及到國家存亡的大問題，於是評論家用《資本論》、《啟示錄》的比喻來捧它了。

2

儘管行家對當年《水晶》的評價不高，但有一百萬日本人買了那本書。其中一定有不少人當聽到續篇《三十三年後的不由得，水晶樣》上市了，就匆匆到書店去購買，卻驚訝地發現：這回作者田中康夫走入小說裡去了。

《水晶》由由利講述，乃女性第一人稱的小說。《三十三年後》卻由跟作者同名的康夫講述。看著看著，讀者也會發覺，這次的講述者不僅跟作者同名，而且有跟作者本人一樣的經歷：寫小說出了名以後，放棄上班族的人生道路，靠筆耕生活，多年來在雜誌上連載以大都會單身漢私生活為主題的日記體散文，常被罵為「水晶族」總帥，永遠那麼膚淺、不道德。然而，一九九五年一月，神戶大地震一發生，他就馬上騎小摩托車到災區去當了長達半年的志工。結果，對政治問題發生興趣，決定參選，前後當了長野縣知事、國會參議院議員、眾議院議員。其間，過五十歲才跟空姐結婚，在二〇一二年的眾議院選舉中落選以後，重新執起筆來寫小說。

如今有人指出：在原始《水晶》後面的那四百四十二個注解，乃作者田中康夫直接出來敘述的。到了《三十三年後》，他光是擔任這回更多達四百八十三個注解的敘述者覺得不夠爽，還非得潛入小說中來，並且暴露他其實曾跟由利有過關係以外，還偷偷跟她閨密江美子也有過幾次，氣死了由利，雖然她自己也另有同居的音樂家男友淳一。康夫也透露，由利是實際存在的，她男友淳一不外就是一九八〇年代在桑田佳祐的樂團當吉他手的河內淳一。

二〇一四年，康夫五十七歲，由利則五十四歲了。有一天，康夫拉著寵物小狗散散步，碰見由利的老同學江美子，並且通過她聯繫上由利，結果在東京南青山高級住宅區一家特別「水晶」的法國餐廳見面聚餐，談到過去三十餘年彼此走過來的日子。由利大學沒畢業以前就跟淳一分手，也停止了模特兒的工作，康夫懷疑跟《水晶》爆紅有關。總之，她畢業後任職於外資化妝品公司做公關，當康夫在神戶忙著做志工的時候，她則為女災民免費提供了雪花膏、口紅等，以便改善災民的精神健康。然後，快四十歲的由利自費赴倫敦留學，在研究生院攻讀了工商管理碩士，回國後獨立經營公關公司，除了繼續做跟化妝品有關的業務以外，還替製藥公司做公關，對社會保健如預防針的安全問題頗有見解，並且還要作為志願活動去南非為貧民免費配眼鏡。

顯而易見，三十三年前除了高檔消費沒有其他興趣的大學生模特兒，如今卻成為社會意識頗高的專業人士。當年的膚淺大學生作家也積累了豐富的人生經驗。不難理解，兩個人的成熟給跟他們同代的老讀者帶來安慰。雖然國家面對的困難不少也不小，但是五十幾歲的老情人彼此說：**個人即使只有微力卻絕不無力，看來黃昏的夕陽，說不定其實是朝霞，不要太悲觀了。**

《三十三年後》的四百八十三個注解裡，有關政治問題的占多數。放在最後的統計數字，這回除了出生率和高齡化率以外，還包括日本將來的人口預測。根據日本政府厚生勞動省的推測，現在約一億三千萬的日本人口，一百年以後，最多不到六千萬，最低則會降至三千多萬，也就是連現在的三成都不到。那也不奇怪，康夫雖然最後結婚了卻沒來得及生育，只好把寵物小狗當女兒溺愛；由利則一輩子都單身；江美子結了兩次婚才生了一個女兒。水晶族的出生率實在是低得可以了。在《三十三年後》裡，康夫和由利都說：為別人服務才能得到最多滿足感，因而他們從事志願活動，去神戶，去南非，教讀者看了倒覺得：這種滿足感本來就是誰都能夠通過生育得到的嘛！

寫《水晶》時才二十四歲的田中康夫，顯然感覺到了名牌所象徵的高消費，看起來漂亮華麗如水晶玻璃，但是實際上卻易碎、特別脆弱。至於日本社會目前面對的「少子高齡化」危機，大多數人感覺來得太突然，可偏偏已有小說家早就預測到。當年罵《水晶》為膚淺如「商品目錄」的文學評論家們，這回卻捧《水晶》和《三十三年後》，說是日本的《資本論》、《啟示錄》、《追憶似水年華》，雖嫌稍微誇張了，但冷靜想想似乎不是沒有道理。

第五部

他們用日文寫台灣

男 おとこ

新時代日台文學

——吉田修一《路》

路

中文版：聯經出版

二〇〇二年獲得了芥川賞的吉田修一，十年後問世的長篇小說《路》，在日本媒體上贏得很高的評價，而這部作品竟是以台日關係為主題的。文學評論家田中和生在《每日新聞》上連載的文藝時評裡，用「理想化的寫實主義」一句來形容《路》，並說道：「看了這部小說，我才發覺，一九四五年日本戰敗以後出生的『戰後文學』原來已經結束了。否則作品中的一些內容不能成立。《路》之所以帶來全新的感動，無非是這些內容造成的。」

田中說的「這些內容」是指台日兩地人之間包括鄉愁在內的深刻感情交流。作品裡有兩對主人翁：一對是二〇〇〇年代的日本女性春香和台灣男性人豪，另一對則是日治時期台北高校的同學葉山健一和呂耀宗。二十一世紀的年輕男女，讀大學的時候，曾在台北有過一面之緣，後來相互交錯卻失去了聯絡方法。結果，出了社會以後，春香來台灣從事高鐵建設工作，人豪則去日本做建築師，十年以後才能再相見。他們之間的感情最初像愛情，然而隨著時間的流逝和彼此的成長，倒發展成堅定的友情。葉山則遣返回日本後六十年都沒有去台灣，一個因素是他曾奪去了台籍同學呂耀宗的夢中情人而娶了她，並且當時還用傲慢的詞語傷害過呂的感情。退休後晚年孤獨的葉山，碰巧認識了人豪，在他的幫助下去台灣見呂耀宗。作品帶來的「全新感動」不是年輕男女之間的愛情和成就所致，倒是兩個老先生之間的懺悔和寬恕所致。

我在通勤電車上翻閱《路》，看到末尾就忍不住流了幾滴眼淚。吉田修一一九六八年出生於長崎，去過台灣多次，顯然對當地的風俗人情很熟悉。在《文學界》雜誌上連載了三年（二〇〇九～二〇一二）的《路》，可以說是日本的年輕一代對《海角七號》的和答。

儘管如此，看著《路》，我也不時地想起另一個年輕作家的作品，乃溫又柔在二〇一一年八月號的《昴》雜誌上發表的〈往音彼方〉。她是從小在日本長大的台灣人，二〇〇九年以〈好去好來歌〉獲得了昴文學賞。〈往音彼方〉以去台灣東部的紀行文形式，講述了作者對國籍、語言、歷史等的想法和情感。文中有句話給我留下了很深刻的印象。不少日本人對台灣景物天真地說出「好令人懷舊」一類的話，作者對此感到強烈的不滿而寫：**別隨便懷舊**。說得也是。因為令日本人懷念的原因不外是過去的殖民統治，在「戰後文學」的語境中是不宜天真披露的。

在《路》裡，我也發現了有幾個句子有政治不正確抑或宗主國心態之嫌。例如，呂耀宗對葉山說：「**我們台灣人善於忘記難過的經驗而談著高興的記憶生活下去。這是跟你們日本人學到的。**」或者，春香在台灣「**沒有身處異國的感覺**」。另外，田中指出來的「理想化的寫實主義」其實也有點殖民主義味道。不過，就日本小說的台灣記述而言，它似乎是劃時代的作品。過去的日本文學中，有過邱永漢《濁水溪》（一九五四）、丸谷才一《假聲低唱君之代》（一九八二）、津島佑子《太過野蠻的》（二〇〇八）等幾部有關台灣的小說。不過，沒有「戰後文學」包袱的一代作家，撰寫涉及到日台歷史的優秀小說，這確實是第一部沒有錯了。

用日文寫小說的台灣人

——溫又柔《來福之家》

來福之家
中文版：聯合文學出版

溫又柔是用日文寫小說的台灣人。她一九八〇年在台北出生，三歲時候由於父親的業務搬到東京，之後在日本就讀了幼稚園、小學、中學、大學、研究生。二〇〇九年中篇小說〈好去好來歌〉入選集英社主辦的第三十三屆昴文學賞佳作。二〇一一年出版的第一本小說集《來福之家》收錄了〈好去好來歌〉和〈來福之家〉兩篇作品，都以彷彿作者的台灣籍東京女性為主角。

溫又柔在日本出版公司白水社網站上連載的散文題為〈尋找失去的母語〉，顯然取自法國作家普魯斯特的大部小說《追憶逝水年華》，特別合適於她敘述關於母語的記憶。三歲搬來日本的時候，小又柔已經會講一些話。那是一九五〇年代出生，六〇年代受了黨國教育的父母親講給幼小女兒的，國語和台語混合起來的台灣國語。然而，隨著在東京過的時間越來越長，小女兒使用的語言逐漸被周圍人都講的日語代替。現在，溫又柔稱日語為她的「養母語」。至於台灣國語，並沒有因此而從她生活中完全退場，至今作為「生母語」留了下來，構成她人格中重要的一部分。原因無他：帶她長大的台籍母親就把台語、國語和日語隨意連接起來使用，毫無阻礙地過著東京生活。

〈好去好來歌〉的主角楊緣珠從小就被四種語言圍繞著：父母親說的台灣國語，包含不少台語詞彙；日本同學們說的日語；父親的日本同事石原姐姐以及普通話班老師說的大陸式普通話。這四種語言，在日文原著裡，作者溫又柔細心分開用四種文字書寫下來。台灣國語用繁體漢字；台語則用標音而不表意的日語片假名；日語就用日本漢字和平假名混合的日文；大陸式普通話則用簡體漢字。日本文學史上，小說主角在日常生活中使用四種語言，並且被作者用四種文字書寫下來，是破天荒的。光是這一點，〈好去好來歌〉就可以說有獨創之處。果然，在《東京新聞》晚報上寫文學時評的東京大學沼野充義教授誇它道：**這是一部從語言的角度探討自我意識形成過程的小說，好！**

溫又柔早在小學、中學時代起，對寫作就很有興趣，想要將來當個作家。那夢想開始變成現實，是她上了法政大學，參加美國籍日文作家利比英雄主持的小說討論班的時候。她終於找到了屬於自己一個人的文學主題：作為台灣人在日本成長的經歷，尤其是語言和認同的問題。〈好去好來歌〉的主角楊緣珠為了參加外公的葬禮回台灣，眾親戚包括外婆都說她像日本人。只有她母親，卻斷然說：妳不是日本人。不僅如此，她還趁機告訴緣珠：假如妳想跟什麼人結婚，而那個人的父母親反對你們結婚，就是因為妳爸爸媽媽不是日本人的話呢……她說到這兒，緣珠就半哭著打斷母親的話，不讓她再說下去，心中用日語自言自語道：**那種日本人，我絕對不原諒，但是我也絕不想用日語說出這句話來！**這一段，可以說是全篇的高潮。

表面上看來很溫柔的緣珠，其實內心夠烈的。她的日本男友麥生為了去中國大陸留學，申請了護照。當看到那個日本護照之際，緣珠突然發怒起來，用手把它甩下，同時罵他道：**你明明是日本人，幹麼非得說中文不可呢？**台灣親戚都說像日本人的楊緣珠，在自己心中，卻始終因為跟日本同學們不一樣而感到委屈。例如，在她家，父母親把中華民國護照好好地保管在保險箱裡。可是，高中的同班女同學吉川舞倒隨便把自己的日本護照放在書包裡來上課。緣珠好想問她：妳可以這樣做嗎？但是沒敢開口，反之回家問父親：你是否在台灣也把護照放在保險箱裡？父親果然答覆說：不。那次的記憶和那次壓抑的怒氣，在她幾年後看到麥生的護照時忍不住爆發了。

緣珠說：**從小不喜歡自己的名字，因為跟日本同學們的不一樣**。緣珠也自述：**為母親講的支離破碎日語，小時候常在同學們面前覺得很丟臉**。溫又柔小說裡出現的這些插話，可說是哪裡的移民都會遇到的老問題。我們好像在很多移民小說裡看到過同樣的記述。可是，日本文學呢？是否歷來甚少探討過外國移民在日本社會感到的彆扭、困惑、痛楚？

一九九〇年代以後，有一批外國出身的作家，寫日文小說、詩歌而獲得過文學獎。

一九九二年：利比英雄（美國）野間文藝新人賞

一九九六年：David Zoppetti（瑞士）昴文學賞

二〇〇一年：Arthur Binard（美國）中原中也賞

二〇〇八年：楊逸（中國）芥川賞

二〇〇九年：Shirin Nezammafi（伊朗）文學界新人賞

二〇一〇年：田原（中國）H氏賞

他們基本上都是青春期以後，作為留學生來日本的。三歲被父母帶到日本，從小就上日本學校的溫又柔，可否跟這些外國籍日文作家同日而言？跟她經歷相似的又有誰？順便打開日文版維基百科的「外籍日文作家」網頁看看，就會發現，在上述一些人出現之前，其實早就有一群外籍人士在日本展開文學活動。他們就是旅日朝鮮／韓國籍作家。

一九一〇年韓國被日本併吞以後，三〇年代就出現了用日文寫作的作家，例如三九年被芥川賞提名的金史良。日本戰敗後，由於濟州島四三事件等歷史原因，留在日本或者偷渡來日本的作家有金時鐘等人。他以《「在日」的夾縫裡》一書獲得了一九八六年的每日出版文化賞。這股潮流後來也持續著：

一九七一年：李恢成以《搗衣的女人》獲得芥川賞

一九八四年：金石範以《火山島》獲得大佛次郎賞

一九八八年：李良枝以《由熙》獲得芥川賞

一九九六年：柳美里以《家族電影》獲得芥川賞

一九九八年：梁石日以《血與骨》獲得山本周五郎賞
一九九九年：玄月以《蔭的棲所》獲得芥川賞
二〇〇〇年：金城一紀以《GO》獲得直木賞
二〇〇六年《〈在日〉文學全集》共十八卷由勉誠出版社問世，收錄了超過五十名朝鮮／韓國籍文人的作品。

如今屬於第三代、第四代的旅日朝鮮／韓國人當中，選擇入日本籍，正式改日本姓氏的例子也不罕見。甚至有些人成人前不知道自己的血統。一九八七年獲得了文學界新人賞的鷺澤萠（一九六八年出生），就是當作家後才得知身世，去韓國留學而為認同問題煩惱，寫了《你喜歡這個國家嗎？》等書，最後三十五歲尋短見喪命；可見認同問題對一個人的壓力會多麼大。

日本社會方面，雖然有時候出現排斥外籍移民的言論，但同時一直有朝鮮／韓國血統作家在大眾媒體占上重要的位置。例如，一九五〇年在九州熊本縣出生的政治學家，東京大學名譽教授姜尚中，乃在電視上很受歡迎的嘉賓，不僅是學術論文等專業書籍，而且針對一般讀者的評論集、勵志書、以及自傳體小說《母》、《心》等都上過暢銷書榜。跟他同一年在山口縣出生的伊集院靜，則原名叫趙忠來，從廣告界、娛樂界轉到文學界，獲得了一九九二年的直木賞以後，暢銷作品也至今不斷，其中包括自傳體小說《海峽》三部曲。再說，每年一月的日本「成人式」當天，伊集院靜應邀寫的散文〈恭喜新成人〉，作為三得利威士忌的廣告登載於日本全國的報紙上，可見他被廣大日本社會視為有魅力的大人榜樣。

跟旅日朝鮮／韓國作家相比，同樣曾是日本殖民地的台灣所出的日文作家，乍看少之又少。自從一九五五年邱永漢以《香港》得到直木賞以後，直到二〇〇九年溫又柔入選昴文學賞佳作以前，似乎沒有廣泛被介紹的例子。一九九〇年代曾轟動一時的《台灣萬葉集》，二〇〇六年作者獲得日本勳章後出版的《黃靈之小說選》（二〇一二年）等，日治時期留下來的日文作品是偶爾出現過。可是，擁有台灣背景的當代作家發表日文小說的例子幾乎不存在。

一九四七年在東京出生的下田治美，一九九二年發表的小說《乞愛的人》中寫的台灣籍父親，據說以作者生父為範本。但她是在日本出生長大的，沒有受過台灣文化的熏陶。二〇〇二年以《逃亡作法》獲得了寶島社推理小說獎的東山彰良（中文名：王震緒）則是一九六八年在台北出生，五歲搬到九州福岡縣，曾在幾所大學教過中文。當他得獎的時候，日本媒體報導說是台灣出身。但他寫的是以當代日本為背景的推理小說，內容未涉及旅日台灣社區。（他後來以《流》獲得了二〇一五年的直木賞，這是以台北為背景的「外省青年版麥田捕手」。）

旅日朝鮮／韓國文學作品很多都以移民生活的苦難為主題。作家金石範就說過：**旅日文學是殖民統治產生的**。相比之下，戰後旅日的台灣人，雖然人數並不少，但是跟主流社會對抗的局面遠比朝鮮／韓國社區少。台灣社區這樣的風氣，也許是旅日台灣文學沒有蓬勃發展的原因之一吧。不過，一九二四年在神戶出生，大阪外國語學校印度語言系畢業，六一年獲得江戶川亂步賞而登上文壇的陳舜臣，本來是台灣人，一九九〇年才入了日本籍。他寫過許多取材於中國歷史的小說，光是集英社出版的《陳舜臣中國圖書館》就共有三十一卷。一九九四年，他被選為只有一百二十個名額的日本藝術院終生會員，可說成了日本公認最有地位的小說家之一。然而，就是因為他在日本社會非常成功，很少有人特別說他是台灣作家了。正如日本社會也視發明了泡麵的安藤百福（台灣嘉義人）為日本人，視獲得了國民榮譽賞的棒球大師王貞治為日本人一樣。

溫又柔把一次研討會上的發言題為〈作為日語圈的「新」台灣人寫作〉。她稱自己為「新」台灣人，因為一九八〇年出生，身為中產階級女兒讀到研究生院的經歷，跟日治時代成長的前輩作家明顯不一樣。她在研討會上說：**在利比英雄教授主持的文學班上讀旅日韓國作家李良枝的芥川賞作品《由熙》而受到觸動，開始寫〈好去好來歌〉，作為外國人在日本成長的**

過程中感到的種種不自在，都投射在主角楊緣珠的身上了。她也說：**寫了小說就深深感到，自己用來寫作的日語，不是台灣長大的父母之母語，卻曾經是祖父母時代台灣的國語，有了這樣的認知，下一步想要構築俯瞰近現代東亞歷史的故事。**

於是我忽然想通溫又柔在網路上的連載為什麼叫做〈尋找失去的母語〉。失去了母語的並不僅是三歲搬來東京的台灣女孩，而且是曾一度被母國割讓出去，半世紀後又給收回，以莫須有的罪名受壓了五十年之久的南方島嶼和其居民。那麼，雖然她說用日語表達自己最感自由，但我們還是得斷然叫她為台灣人了。溫又柔是用日文寫作的台灣人，讓我們一起等待她即將完成俯瞰近現代東亞歷史的長篇小說吧。

男おとこ

台灣外省版《麥田捕手》

——東山彰良《流》

我曾經長期都覺得很奇怪：為什麼在台灣電影裡，經常出現山東口音挺重的老頭子？例如：侯孝賢作品《冬冬的假期》裡的瘋女寒子之父親、興起了環島熱潮的《練習曲》中娶了原住民妻子的業餘雕刻家。前些時看了龍應台的《大江大海一九四九》以後才曉得，原來他們是跟著國民黨部隊，非自願地渡過了台灣海峽，後來回不到家鄉去的原少年兵。獲得了二〇一五年上半期日本直木賞的長篇小說《流》，是那麼一個山東老兵的孫子用日文撰寫的成長小說，可讀性非常高。

作者東山彰良原名叫王震緒，一九六八年生在台灣台北，五歲時移居日本九州，從九歲起在福岡縣長大；畢業於西南學院大學經濟學研究生以後，到中國吉林大學經濟管理學院攻讀博士班，卻中途退學，而後任職於航空公司，亦在大學兼課教過中文，還替警察當過漢語翻譯。二〇〇二年發表的第一部推理小說《逃往作法》賣了二十萬本，並贏得了寶島社主辦的「這本推理小說了不起！」大賞銀牌；二〇〇九年出版的長篇小說《路旁》則獲得了大藪春彥賞；如今在日本被視為中堅的娛樂小說家。

雖說是台灣出身的作家，看他的照片，白晢的皮膚和高瘦的個子，東山彰良顯然有一副中國北方人模樣。這回以一九七五年台北為背景的長篇小說《流》轟動日本文壇，此間讀者方才知道：原來他爺爺是山東省出身的國民黨軍人，在台灣長大的父親曾一度到山東老家尋根，使得在日本成長的第三代想要寫出跨過台灣海峽的家世小說。

一九七五年蔣介石去世，十七歲的葉秋生住在台北大稻埕，開布行的爺爺葉尊麟在自己的鋪子裡被殘忍謀殺了，做孫子的下決心：有朝一日，非得親自找出凶手不可。猶如在侯孝賢電影《童年往事》裡或者楊德昌電影《牯嶺街少年殺人事件》裡一樣，小說《流》中的台灣中學生圈子也充滿著暴力，恐怕跟當年兩岸對峙、全民當兵的世態直接有關係，何況在台北日式老房子的天花板上，人們經常發現一九四五年日本人被遣返時留下的日本刀。

雖然作品裡的台灣社會殺氣騰騰，社會秩序也相當亂，但是小說《流》始終給讀者非常爽快的印象，因為它本質上是一部年輕人成長的小說。十七歲的主人翁受好朋友牽連而被菁英學校開除，又不明不白地被從小要好的女朋友甩掉，甚至重複遭鬼魂騷擾，然而心中一直保留著一顆純粹的心靈，使他一步一步成長，逐漸翻身為一名有為的青年。二〇〇九年在台灣走紅的影片《艋舺》也一樣描繪了戒嚴時代末期的台北中學生和黑社會分子相接觸的狀況，但是小說《流》在那土裡土氣的台灣現實中，發掘出了美國成長小說的經典《麥田捕手》般的天真和積極性。

東山彰良回答日本媒體的訪問說：自己取的筆名反映了對山東老家的憧憬和驕傲。對於「台灣外省人」，外界的印象至今仍停留在侯孝賢、楊德昌等「台灣新電影」一代人。《艋舺》的導演鈕承澤雖然是一九六六年出生的第二代外省人，但是當執導《愛》之際，似乎輕鬆飛越了台灣海峽而恢復中國人的身分，估計跟旗人名門的出身有關係。相比之下，東山彰良倒一直保留著「台灣外省人」的自我意識；對他來說，故鄉是不曾看見而早已失去，絕對回不了的地方。這種念頭，恐怕是他長期居住日本，沒有親身經歷台灣社會近三十年的變化所致。

在小說《流》中，主人翁的爺爺是在台北火車站南方，位於軌道邊的中華商場裡開設廟宇賺善男信女的錢。中華商場是當年台北很著名的大商場，既繁華又複雜，猶如王家衛電影《重慶森林》裡的香港尖沙嘴地標重慶大廈。目前頗受國際注目的台灣作家，一九七一年出生的吳明益，就以中華商場為背景寫過短篇小說集《天橋上的魔術師》，在日本翻譯出版以後口碑特別好，重複再版。吳明益是土生土長的台灣人，據說可能有原住民血統。他小時候，父母在中華商場裡開鞋店，包括老七明益在內一家九個人都在小鋪子過日子。小說《流》的作者好像也對中華商場有第一手的回憶，但是對外省人第三代而言，那兒是異鄉中的異鄉。反之，對吳明益來說，中華商場就是家鄉，雖然已經被拆掉，卻在他作品裡享有永遠的生命。兩個同世代台灣作家的視線在記憶中的大商場交會，給讀者建立虛構世界裡的台北地標。

台灣出身的直木賞作家有一九五五年以《香港》得獎的邱永漢。他是在日本統治下的台灣出生長大，光復以後從事台灣獨立運動，被國民黨政府通緝而逃亡到香港去，後來在日本發表小說和食經打出名氣，往實業界發展，在日本、台灣、大陸都創業，晚年被譽為「財神」。

六十年以後得了同一獎項的東山彰良，成長背景完全不同，因為包括台灣在內，整個東亞地區過去六十年的轉變非常大。果然以該地區的近現代史為背景的新穎小說，出現的可能性也變得非常大了。東山說，**《流》的主人翁葉秋生的原型是他父親，而他真正要寫的其實是山東大漢祖父**。大家一起期待看葉尊麟活躍於山東和台灣的格鬥長篇小說吧。

第六部

小說即人生，
甚至更離奇……

女おんな

神道式整理法迷住美國人

——近藤麻理惠《怦然心動的人生整理魔法》

怦然心動的
人生整理魔法
中文版：方智出版

二〇一五年四月，美國《時代週刊》發表〈全世界有影響力的一〇〇人〉名單，其中有兩個日本人：村上春樹和近藤麻理惠。村上春樹是國際著名的小說家，大家都知道。可是，近藤麻理惠呢？許多日本人搖頭表示不曉得此人。據報導：她的書在全世界三十多個國家總共賣了兩百萬本以上，尤其自從二〇一四年十月在美國出版以後，一直在《紐約時報》暢銷書榜上占著位置。那本超級暢銷書的標題是：《怦然心動的人生整理魔法》。是那本書啊？確實在報紙下端的廣告欄目裡看到過。好像是家政指南書的一種，教人如何整理房間的。怎麼翻譯成英文卻博得廣大美國人的支持，甚至贏得《時代週刊》的肯定？於是我匆匆買來翻閱。果然是滿有趣的；這本書教的是神道式整理術。

近藤麻理惠是幾年前從東京女子大學畢業的年輕人，無論是她的穿著、髮型、化妝、舉止都屬於「可愛」類型。她從小看母親訂閱的主婦雜誌，對家務擁有強烈的興趣，尤其中學時期看了當年日本的暢銷書《丟棄的技術》以後，室內整理法成了她一輩子的研究題目。

在《怦然》一書裡，近藤說：**整理的時候，必須親手摸一摸每件東西，並且問自己對它「是否心動」？如果心動的話，就可以保留下來，如果不心動就得分手了，並且千萬別忘記開口向它說句：謝謝你當初讓我感到幸福。這樣子，能夠跟很多身邊不再讓人心動的雜物文明告別，以後在乾淨舒服的環境裡，只跟自己心愛的東西生活下去。**

可見近藤的整理法特別在把東西擬人化，丟不丟棄的判斷不再基於有沒有用處，而是基於還有沒有感情。這顯然來自她的生活習慣：每天回家都向房子說一聲「我回來了」，放下皮包則說「謝謝你一天的服務」。她在每一件物品中看到靈魂，用學術用語是「泛靈論」所致。果然她在書中寫道：曾做過五年神道巫女。在日本報紙的廣告裡，她更明確地說：**要把客戶、讀者的房間弄成跟神社一樣乾淨有力量的空間。**

日本神道既沒有教主又沒有經典，由西方宗教學者看來是原始人的萬物信仰。儀式上注重祓禊，要解除汙穢，並且崇拜大自然裡無所不在的「八百萬神」。有趣的是，不少二十一世紀美國人居然會感應個中的療癒力量。

例如《COSMOPOLITAN》（柯夢波丹）雜誌的編輯，在辦公室裡跟近藤單獨上了堂整理課以後，坦白說：考慮自己對物品「是否心動？」，對將要丟棄的東西表達謝意等，當初覺得怪裡怪氣的，但是身體力行後，發現確實有用，因為如此一來留不留的判斷變得直觀省時，再說也能夠擺脫心中感到的內疚。不愧為著名雜誌的編輯，她正確地指出來近藤式整理法的魔力在哪裡：免除內疚。沒錯。我們甩不掉好久以前買的衣服、看到一半沒看完的書、別人送來的禮物信件等，其中一個原因就是內疚，覺得丟棄等於浪費資源，或者不珍惜別人的情意。

在視頻上看近藤麻理惠在美國演講時的讀者反應，有些人竟聽了直流眼淚，顯然受到很大的感動。由他們看來，近藤是來自遙遠東方的整理教教主。一些媒體稱她為「禪宗整理大師」，好像弄錯了神道和佛教吧？沒有關係。近藤的整理法觸動了他們就是了。還是《COSMOPOLITAN》的編輯厲害，她都注意到了近藤施魔法的瞬間：丟棄每一件物品之前，近藤還一定用手輕輕拍一拍。那手掌傳導的溫暖，該是近藤魅力的所在。

女おんな男おとこ

日本的貧困書寫

——NHK採訪組《女性貧困——新連鎖的衝擊》

二〇一五年，日本書店的排行榜上，充斥著「貧困」兩個字，例如《最貧困單身母親》、《最貧困女子》、《女性們的貧困》、《單身母親的貧困》、《把貧困推給孩子的國家——日本》、《貧困大國美國》、《孩子們的貧困》、《反貧困》、《現代的貧困》等等。若說二〇〇〇年代日本社會的關鍵詞是「格差」（落差），二〇一〇年代的顯然是「貧困」了。

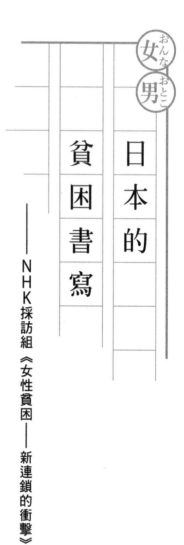

我們一代人還清楚地記得，上世紀七〇、八〇年代的日本曾標榜「一億總中流」，意味著大多數國民擺脫了貧困，而成功地進入了中產階級，彼此的差別只在於中上、中中、中下之間。細看當年出版的書籍目錄，若在標題中有「貧困」一詞，指的要麼是一九二〇、三〇年代的世界蕭條，或者是印度、非洲等開發中國家面對的挑戰，總的來說是別人的事。

日本社會一時消滅了貧困，未料，從一九九〇年代起，國家經濟又開始緩緩走下坡，書店裡出現了關於「homeless」（無家可歸者，台灣人好心稱他們為「街友」）的報導文學。因為本地原有的乞丐、流浪漢等早就跟「貧困」一起滅絕了，只好借用美國名詞來稱呼那些新出現於都會後街的族群。日本媒體當初把他們視為富裕社會的副產物：只要丟棄自尊心，從餐館、便利商店後面的垃圾桶撿來剩飯或者剛過了賞味期限的食品，生存並不是很困難。

然後，來到二〇〇〇年代初，小泉純一郎首相的長期政權。他和親信經濟學家竹中平藏都是美國式新自由主義經濟政策的信奉者，「自我責任」成了社會上流行的口號。政府緩和勞務派遣法的規制，結果導致低薪臨時工的激增。社會上，「勝組」（勝利族群）、「負組」（失敗族群）、「格差」（落差）成了流行語。

二〇〇三年，當官僚出身的經濟學家森永卓郎出版《年薪三百萬圓時代的經濟學》之際，大多數日本人以為該書的標題太誇張了，因為此間上班族的共識是：年薪一千萬是不難實現的目標，三百萬則連作為起薪也嫌太低了。誰料到，沒幾年工夫，至少對年輕一代來說，三百萬是很現實、非接受不可的數目了。其實，這些年來，收入的兩級分化是全球性現象：少數一部分人賺大筆錢，多數人的收入卻低迷。森永的預測來自對世界經濟潮流的觀察，並不是算命算得準。

大家轟轟烈烈地討論了幾年「格差」以後，有人忽然指出來：當下的問題不再是相對的「格差」，而是絕對的「貧困」了。二〇〇七年，社會福利學者岩田正美發表《現代的貧困——working poor／homeless／社會救助》一書，第一章的題目就是：從「格差」到「貧困」。書名中有兩個英文名詞「working poor」（有職貧困族群）和「homeless」（無家可歸者、街友），表示當代日語裡沒有語義相同的詞，可見在二十一世紀初的日本，「貧困」是消滅了多年以後，重新被發現，重新被定義的現象。

岩田寫道：在當下日本，人們陷入「貧困」的原因有三個，即低學歷、非正規工作、沒有家庭。也就是說，沒讀過大學，長期做臨時工，跟父母兄弟的關係逐漸淡薄，也沒有緣分成家的人，儲蓄不會很多，所以一旦由於生病等原因斷絕了收入來源，很快就要陷入無家可歸狀態，除非有人協助向公家申請社會救助，否則再也不能東山再起了。

一年後，源自美國的金融海嘯打擊了日本製造業。之前，作為臨時工，單身住在工廠宿舍的人們，不僅突然被解雇，而且被迫趕緊從宿舍搬出去。結果，從二〇〇八年除夕夜到翌年初，約五百名失業者湧到東京厚生勞動省（相當於中央政府衛福部）講堂，由一千多名義工提供伙食和福利諮詢，乃日本空前的「過年派遣村」。

同一時期，大眾媒體報導：失去了工作和住房的年輕人，開始把大城市裡的網咖或通宵營業的速食店當窩了；他們被稱為「網咖難民」。他們的經歷，基本上證實了岩田在書中的論述。不過，其中也有不少大學畢業生，因為出社會時不幸碰上了一九九〇年代中葉的所謂「就職冰河期」，只能找到臨時工作，過了十年都沒能轉為正規員工，人緣方面則越來越孤立。當代日本的「網咖難民」不像從前的流浪漢那樣漂泊於街頭，反之幾乎躲藏在網咖、速食店等消費場所，網咖設有投幣式淋浴室，所以也不至於散發出教人捏鼻子的惡臭。總的來說，「網咖難民」是「看不見」或說「聞不到」的無家可歸者。之後，接踵而來關於「貧困」的書籍裡，「看不見」可以說是關鍵詞之一了。

二〇一四年初，日本的公共電視台ＮＨＫ連續播出了兩個紀錄片《看不見明天：越來越嚴重的年輕女性之貧困》和《調查報告：女性貧困——新連鎖的衝擊》，觀眾的反應特別強烈。據報導，目前日本約有三百萬，未滿三十五歲而年薪不到兩百萬日圓的女性非正規勞動者。在日本，年薪兩百萬被視為陷入「貧困」狀態，面臨需要申請社會救助的界線。

如今，全國到處都有的便利商店以及速食店，通年為附近居民提供生活不可缺少的種種服務。然而，穿著制服乍看開心地工作的女店員，時薪都不到一千日圓，也沒有獎金、交通費、福利之類，即使每週工作四十個小時都無法突破年薪兩百萬日圓的界線。更糟糕的是，她們的工作沒有升遷、大幅度調薪的前景。

直到二十世紀末，在日本家庭，挑大梁的仍是男性。他們的妻小出去當臨時工，賺來的收入可以當零用錢花。然而，近年離婚率提高，帶一、兩個孩子出來的女性，往往只能找到臨時工作。這樣子，她們維持家計都不容易，很快會患上身心兩方面的疾病。

最受苦的是孩子，尤其是女孩子一般得代替母親做家務、照顧幼小的弟妹，上了高中後就自己也去做便利商店、速食店的臨時工，以便付學費、手機費，並且交給母親一點生活費。她們若要爬上更高社會階層的話，非得讀大專、大學不可。但是，日本的獎學金大部分都是借的，畢業以後需要償還。貧困家庭出身的學生，畢業時背的負債會達到五、六百萬日圓。如果能找到高薪工作還好的，要是只能找到比臨時工好一點的工作，那麼還債會需要二十年，擺脫「貧困」談何容易。

NHK的節目會引起注意，其中一個原因是第一次公開暴露了日本有不少基層女性，把風月場所當作生活安全網。由於丈夫的家庭暴力等原因，帶孩子離家出走的年輕母親，如果因父母早已離婚等理由不能投靠娘家的話，往往溫飽就成了緊急問題。政府方面不是沒有針對單親家庭的福利制度，但是手續複雜需要時間。反之，不少風化業者，為她們提供現有的宿舍、托兒所、以及現金報酬。風月場所分幾種，收入也不同，但都比便利商店、速食店強。問題在於賣笑行為始終嚴重損害人的自尊；為了找回跟金錢交換的自尊，她們就馬上去喝酒到酩酊大醉，使得孩子缺少照顧，把自己的問題丟給無辜的第二代承擔。

二〇一三年，日本發生了一宗虐待孩子致死的案件，乃年輕母親把兩個孩子留在業者提供的宿舍裡，自己出去跟不同的男人同居，也把自己玩耍的照片登在臉書上，導致孩子們活活餓死於垃圾泛濫的公寓裡。輿論異口同聲地譴責了不負責的母親。可是，她小時候父母就離婚，為了彌補幼年自己失去的溫暖，年紀輕輕就結婚生育，但同樣年輕的丈夫靠不住，兩個人都不夠有能力經營穩定的家庭。離婚以後能投靠的，只有要剝削她肉體的風化業者。所以，儘管她無疑是可惡的殺人犯，從不同角度來看，同樣也是受害者。日本夫妻離婚以後，別說贍養費，會支付養育費的前夫也只有兩成而已。

充斥著日本書店排行榜的《最貧困單身母親》、《最貧困女子》、《女性們的貧困》等書，有不少談到貧困女性賣笑的問題。所以，我估計這些書的陸續出版，不僅反映了廣大社會對弱勢族群的關注，而且有意無意地迎合讀者的好奇心、獵奇心態。

NHK節目揭露的「新連鎖」則是，過去幾年為無家可歸者提供低廉窩鋪的網咖裡，採訪小組發現了有四十一歲的離婚母親和十九歲、十四歲的女兒，三個人分開躲在三個不同的單間，竟住了兩年多的案例。長期住網咖，一天的費用低到一千九百日圓。除了勉強能躺下來的空間以外，還有電腦、無限供應的汽水、免費可用的微波爐，以及投幣式淋浴設備。所以，比起租房另付水電瓦斯上網等等費用，可說廉價，或至少省事。然而，把一天一千九的費用乘以三個人再乘以三十天的話，普通人會覺得：能付得起那麼多，怎麼不堂堂正正租房子經營母女三人的小家庭呢？畢竟，母親和大女兒都天天從網咖去附近的便利商店做臨時工，賺來的錢只夠付網咖的費用，至於伙食則基本上靠便利商店丟棄的飯盒、麵包等，也是往往吃不飽的。

目前日本年輕女性的「貧困」被形容為「看不見」，因為從網咖出門上班，表面上看來是夠乾淨健康的十九歲女孩子，還穿著時裝、化著淡妝，一般人不會懷疑她已經無家可歸好久了。但是，她十四歲的妹妹則不同。妹妹已經許久沒上學，天天在沒有陽光的網咖單間裡，整天玩網路遊戲。她日後要成長為跟姐姐一樣乾淨健康的女孩子，過正當生活的可能性該說低之又低了。

另外，採訪小組也發現：東京新宿、澀谷等鬧區，最近到晚上就出現許多拉著小皮箱的年輕女孩。皮箱裡裝著她們的全部財產，有的去網咖過夜，有的去招牌上寫著「能充電」的咖啡廳過夜，有的等援助交際的機會。其中有正當家庭的女兒，在學校假期裡來首都做建築工人、餐館服務員等一天兩、三份的工作，以便存下學費。但也有初中沒畢業就離家出走專門賣笑維生的女孩子們，紛紛說能活到三十歲就好了，因為等年紀更大，恐怕沒人要買自己了。她們都是日本貧困家庭的女兒，否則沒有理由晚上拉著小皮箱走在大都會街頭。

回想三十年前，我讀大學的日子，那是「一億總中流」的一九八〇年代，大多數同學們都是靠父母讀完大學的。當年也有離婚家庭的孩子，升學率明顯比較低。現在回想，他們受的苦，恐怕比我們中產的孩子多而深。也許，每個時代、每個社會都存在不同程度的「貧困」。可是，在如今的日本，個人的不幸往往被視為「自我責任」所致。ＮＨＫ節目的很多觀眾也都在網路上寫感想道：可不是「自我責任」嗎？後來出版的書籍版《女性貧困——新連鎖的衝擊》裡，有個記者反駁道：**她們的「貧困」不僅是經濟上的，而且是教育、人際等多方面的。**我更覺得：還有感情上的、自尊上的；各方面的需要都滿足了以後，人才能夠做最合理，對自己最有利的決定。

自費出版

女（おんな）

——林真理子《我的故事》

做了很多年作家以後去大學教書，我驚訝地發覺：原來大學老師們是自己付錢出書的。那不外是因為沒有出版社願意承擔刊行銷路極其有限的學術著作。結果，他們對出書為業的職業作家始終抱著很矛盾的情感：「你們寫的是一般書，上不了學術討論的檯面，永遠不算是學術業績的。」至於學術書和一般書的差別，就在於是否遵照論文的形式，有無經過內行專家的審查。當有出版社對他們的研究內容發生興趣，邀請寫針對普通讀者的「一般書」，他們就忍不住歡笑卻故意用嚴肅的語調說：「算是把研究成果還原給廣大社會吧，畢竟部分研究資金來自平民老百姓繳的稅呢。」

以往在世界每個地方，都只有職業作家和研究者把自己寫的文章付梓成書出版。尤其在東亞漢字文化圈，沒有像西方羅馬字文化圈的打字機般方便的工具，普通人基本上一輩子都沒有機會看到自己寫的文章給打字付印。然而，上世紀末個人電腦的出現和普及，一下子改變了情況。如今在世界每個地方，不僅把自己寫的文章打字後印出來易如反掌，而且通過部落格、臉書等手段向全人類發行都一點也不費事了。即使是長篇小說，亦能以電子書的形式在網路上發行銷售。

毫無疑問，從前的書，也就是紙本書，正在迅速失去歷史悠久的高尚地位。甚至有人預言：「今後能生存的紙本書，恐怕只有自費出版書了。」二〇一五年，日本《朝日新聞》每天連載暢銷小說家林真理子寫的《我的故事》（My Story），果然圍繞於自費出版這個主題。所謂自費出版，乃作者自己付錢出版書籍的意思。出版社除了負責整理文稿、校正、印刷、裝訂等製作書本的業務外，還賦予書號，以便使之至少在理論上能通過全國書店網流通，希望成為暢銷書。當然，實際上，大多自費出版書只流通在作者朋友圈裡。

日本有一九九六年創立的文藝社專門從事自費出版業務。不同於學者作為工作責任的一部分非得出版的學術書，自費出版則一般是普通老百姓的愛好活動。只是因為費用昂貴，要麼是無名作者情非得已先行投資，想看看有沒有商業出版社對自己的作品感興趣，或者是老人家把自傳弄成書送給親朋好友看，算是代替舉辦生辰宴會。前者的例子有二〇〇八年榮登暢銷書第三名的Jamais Jamais著漫畫書《媽呀！好個B型人》。爆紅之餘，接著出版《天啊！你好A型人》、《喔耶！High翻O型人》、《蹺咧！搞啥AB型人》，竟然共賣了五百八十五萬本。不過，這始終是例外。

大家以為有市場的，無非是後者。據說，目前在日本，老人自傳的市場規模有每年六百億日圓。從一九四五年到四九年出生的嬰兒潮一代，這幾年陸續退休而領取了可觀的退休金，每月還有養老金，暫時身體不差，腦袋也還算健康，正具有條件去滿足心理學家說的在食慾、性慾、物欲之後的第四種欲望：被承認欲。其實，登載《我的故事》的朝日新聞社本身，就有個部門自一九八一年起從事自費出版業務。

僅僅幾十年前，社會上認為，只有少數人有寫作的才能，他們理應當上職業作家。現在完全不同了。一旦有了個人電腦，誰都會寫文章，即使手藝不高，都可以出錢請職業編輯幫忙整理，然後看你願意以什麼形式發行了。這麼一來，寫作還可當個主業嗎？連作家自己都越來越不肯定。於是越來越多作家是大學教員兼職的。也就是說，教書研究是主業，至於寫作則是愛好？不是了，該說是事業吧。

女 おんな

老老與認認

——有吉佐和子《恍惚的人》和中島京子《漫長的告別》

問：在當代日語裡，「老老」和「認認」兩個修飾語後面，會來同一個單詞，猜是什麼？

答：「介護」即是看護。「老老介護」是老人看護老人的狀況，「認認介護」則是認知症（老人痴呆症）病人看護認知症病人的狀況。

古話都說「同病相憐」。同病的人在一起，有時會發揮互相安慰、彼此鼓勵、激發免疫力的作用吧。然而，單單老夫老妻相依為命的家庭裡，公婆一個一個地患上了認知症以後，日子過得只會越來越慘。

果然，這幾年，日本的傳播媒體經常報導老夫謀殺病弱的老妻以後自殺的消息。甚至有一次，八十歲的老夫帶著八十二歲患有糖尿病和認知症的老妻，雙雙溜進已作廢的焚化場，自己點燃木柴，焚身自殺的悲慘案件發生。那位老先生，不僅在現場大聲放了西洋古典樂《送葬進行曲》，而且在家裡還留下了再清楚不過的財產目錄，和把一切捐給當地政府的遺書；顯然他是要在自己失去理智之前，趕緊走掉的。其思想之透澈和絕望之深刻，給廣大社會帶來了很大的衝擊。

在日本，六十五歲以上的老年人在總人口中占的比率，即高齡化率，達二十五％。這個數字比世界任何國家都高。只有第二名的德國和第三名的義大利，高齡化率也高於二十％。其他歐洲國家大多在十五％和二十％之間；美國和加拿大大約十五％；中國則大約十％左右；台灣在北美和中國之間；非洲國家的高齡化率都還在一位數水平。

國家社會高齡化的原因，不外是壽命拉長和出生率低迷。日本人的平均壽命是八十三歲，位於全世界最長壽民族之列；反之，日本的出生率，即一個女性一輩子生產的平均人數，只有約一・四而已，處於全世界最低之列了。長年施行計畫生育的中國，目前的出生率仍有一・六，平均壽命則為七十三歲，果然高齡化率相對不高。

在高齡化嚴重的社會裡，老年人遠遠多於小朋友；日本的十四歲以下兒童只有六十五歲以上老年人的一半，約十三%而已。結果，以年齡階段分人口的圖表，呈現倒立的金字塔形狀。這就麻煩了。在從前的社會，占多數的青年、中年人協力照顧占少數的老一輩；然而，在當下的日本，中青年勞動人口都已缺少，迫使吉野家深夜關門，哪裡顧得上身體病弱又多如牛毛的老人家呢？

在各個日本家庭裡，高齡人口也往往超過中青年世代。二〇一三年東京發生了一宗案件，四十五歲的失業男性在夏天酷熱的時候獨自躲在房間裡開冷氣，傍晚要出去買東西時才發現八十七歲的父親和七十八歲的母親雙雙倒在地板上已斷了氣，顯然是中暑脫水導致的。誰料到，接獲通報趕來的急救員聞到了房子裡奇臭刺鼻，經搜索發現，原來二樓另有具早已開始腐爛的屍體，乃他八十九歲伯父的。男性說：父親和伯父都長期患有認知症，由母親一手料理家務並照顧兩個病人。然而，大約十天前，母親自己也在醫院被診斷有認知症了。也就是說，在這個家庭裡，多年來的「老老介護」最後發展成「認認介護」，沒多久就全滅了。

專攻老人醫學的大夫解釋說：老年人尤其是認知症病人對氣溫的變化不敏感，事件發生當天，氣溫突然升高，恐怕老太太都沒來得及喝水開冷氣之前便倒下了。假如家裡只有老人家的話，當地政府會主動派人來支援；可是，該家庭有中年兒子同居，因而不在支援名單上。日本向德國學福利政策，二〇〇〇年施行了介護保險，是一種強制性的全民保險。按法律，這個「老老介護」家庭也可以利用介護保險制度，請公家派保母來料理家務或者派護士來做初步治療的。但是，老太太的病狀慢慢惡化，連同居的光棍兒子都沒有注意到，實際上她已經失去能力照顧包括自己在內的三個老病人了。

據日本厚生勞動省調查的結果：目前需要介護的老年人當中，全面利用介護保險制度服務的只有十五%而已，占多數的六十二%主要由同居家人護理，其中五十一%的介護者本人又是六十五歲以上的老年人。可見，在今日日本，「老老介護」普遍到什麼程度了。

這一方面是已婚兒女獨立經營小家庭所致；大家健康的時候沒有同居，老一輩病倒以後兩個家庭合併就更加困難。「老老介護」最初還勉強能過得去，但是有一方如果有了認知症狀，獨立生活遲早就不可能了。但是，日本政府基本上不允許外國勞工來日本承擔看護工作。出於無奈，有些兒子在太太反對跟老人同居的情況下，寧可自己提早退休而一個人搬回老家照顧父母去。只是小家庭解體的結果，再過十年、二十年，自己年邁需要照顧的時候，說不定連「老老介護」都談不上了。

另一方面，六十五歲以上老年人中的十五％即四百六十萬人目前已患有認知症；到了八十歲，認知症的罹患率竟高達二十％。單純計算起來，即使是有福氣白頭偕老的老壽星夫妻，每十一對裡就有一對得面對「認認介護」的困局。

認知症，以前叫做痴呆症。雖然歷史上一直以來都有「老來糊塗」的長者，但是在日本，視之為深刻社會問題的，該以一九七二年有吉佐和子發表的長篇小說《恍惚的人》為濫觴。女作家把認知症患者形容為「恍惚的人」，體弱的兒媳婦要一手照料體力強壯卻失去理智的公公，結果身心兩方面都精疲力盡的情節，在社會上引起了很大的反響。尤其是他吃妻子骨灰和玩弄大便的場面，嚇壞了很多讀者。不過，現在回想起來，在小說中，照料認知症老人的是中產階級的家庭主婦。雖然之前的全職工作被迫調為兼職，還好有丈夫在經濟上靠得住，有中學生兒子偶爾安慰並幫助母親，所以儘管非常困難，勉強能夠堅持到老人瞑目的一天。

反觀今天，「少子高齡化」的一個因素是結婚率降低；正如上述案件的家庭，光棍兒子根本承擔不起照顧老人的家庭義務。即使換成個女兒，情況似乎也好不到哪裡去。二〇一三年日本神戶市就發生了六十八歲女兒謀殺九十三歲認知症母親的案件。據報導，那母親重複乞求女兒把自己處理掉，女兒最後用枕頭蓋住母親的鼻子嘴巴直到窒息，之後到派出所自首了。可見，單身人士激增使高齡化問題更為複雜、困難。

從《恍惚的人》的震撼距今才四十多年光陰，目前「恍惚的人」在社會上日趨增加。不僅在家庭裡，或在老人院裡，而且在街頭徘徊、失蹤的認知症患者也大幅度增加。光是二〇一三年，由家人報警的老人失蹤個案就有一萬多宗。其中有位九十一歲老先生，忽視鐵路平交道的警笛聲而走在鐵軌上，最後被電車撞死。結果，鐵路公司告發死者家人：沒有好好監督老人而給鐵路公司造成了損害，家人該替已故老人賠錢。令人吃驚的是地方法院和高等法院居然前後兩次支持鐵路公司的要求，命令八十五歲的遺孀支付高額賠償金。但是，八十五歲的老太太哪能整天跟著體力強壯卻失去了理智的九十一歲老丈夫呢？這也該說是「老老介護」引起的悲劇之一吧。

六十五歲以上的十五%和八十歲的二十%都不在少數。怪不得，我的身邊也有不少認知症患者了。有位遠親老太太，好幾十年來以算命為業，曾有不少名人慕名而來，然而過了八十歲患上認知症後，就是不認結婚五十年的老丈夫。可憐的老先生，妻子瞑目後沒多久，自己也被診斷有認知症了。還有八十多歲的大姑媽，我父親七十四歲去世的時候，由女兒陪伴來參加告別式，可是始終搞不清楚到底要跟誰告別，重複地問我：妳爸爸怎麼不來呢？美國前總統、英國前首相都患上了認知症，普通老百姓患上了一樣的疾病一點也不奇怪。儘管如此，單單患上認知症和陷入「認認介護」的僵局，還是有本質上的區別。

日本從一九六〇年代起出生率逐年降低，早就有人預測進入二十一世紀後國民人口要減少了。可是，人們開始看到「少子高齡化社會」的真面目，倒是最近幾年的事情。大白天乘坐東京市內的公共交通工具，不能不發覺：八成以上的乘客都是六十歲以上的老年人。十幾年前，我常去給小朋友買紙尿褲的連鎖藥房，如今賣的都是給成人用的紙尿褲了。該店商品架上擺的婦女用衛生棉，以前要吸收血液，今天倒要吸收遺尿了。還有副食品也是如此。曾經提供給斷奶期小朋友吃的副食品，今日都要供應給失去牙齒的老年人了。一件一件微不足道的小事情，加起來後真教人有生活在荒謬戲劇裡一般的感覺。

前些時候有個中國朋友來日本宣傳新書，我在視頻上看到記者發表會，不知為何，平時都泰然自若的作家顯得特別緊張。於是致電問了是怎麼回事？他回答說：因為記者的平均年齡好高，幾乎都是長輩喔！且讓我提醒你：那作家自己也是已過了花甲之年的。

大家都不願患上認知症，因為大腦出了事，就跟腦死沒多大區別，剩下的身體越健康越似跳屍。但是，最近的研究卻發現：失去了理智以後，感情其實還留著。所以，以禮貌、溫柔的態度對待老者，老人家的情緒才會穩定，各種能力也會恢復的。

直木賞小說家中島京子二〇一五年出版的《漫長的告別》，乃根據她父親患上認知症，母親和三個女兒協力看護前後十年，最後送走了他的真實經歷。如今社會上看護認知症病人是家常便飯的事了。結果，雖然在每天的生活中發生了許多荒謬的小事件，整本小說散發的氛圍卻很正常、自然。

小說中的老先生曾經是中學校長、圖書館長，因此他失去智力給家人帶來的衝擊，比一般人還要大。最初他迷路未能到達同學會場地，教妻子懷疑是否老公腦袋出了事。後來他在老同學的葬禮上記不起誰走了，教老朋友們都非得面對事情嚴重到了什麼程度。但是，別人都不認得的漢字，他到了最後都不僅認得而且會寫，因而獲得外孫的喝采。前後十年看護的日子，對太太的負擔始終最大；其實，老夫老妻互相照顧，不外就是老老介護。當太太視網膜剝離，非得住進醫院動手術之際，老先生的病狀一下子惡化，從跌倒、骨折到發燒、昏迷，很快就離開了此岸。最後，太太回顧為看護花的十年說：幸虧老公大腦裡操縱感情的部分沒有退化；他忘記了很多事情，但他並沒有變成另一個人。這句話，也許適用於多數認知症患者。雖然看護認知症病人一定很辛苦，在《漫長的告別》中的家庭，始終對老先生保持愛和尊敬。

日本有句俗語說：別罵小孩來路也，別笑老人去路也。高齡化社會的現狀和前景都不讓人樂觀，就因為是大家的去路，日本的中年一代正茫然若失。

附錄

女 おんな

文學是少女的庇護所

——張愛玲《心經》與水村美苗《母親的遺產》

我被張愛玲驚豔，是大學時期旅行去香港，在灣仔天地圖書，經當地朋友介紹買了台灣皇冠版《張愛玲小說集》的時候。帶回酒店打開書頁，開始看〈沉香屑——第一爐香〉、〈沉香屑——第二爐香〉，我馬上感覺心悸口渴，果然被她的淒美文筆著迷，從此再也不能自拔了。

當時的我是剛學了三年漢語的日本大學生，之前中文書只看過大陸出版的簡體字橫排五四文學而已。雖然魯迅、老舍、巴金等大師的小說都給我留下了很深刻的印象，但是張愛玲的魅力則完全是另一回事，另一個境界了。好比小孩子趁父母不在悄悄進入大人臥房，發現了不應該發現的祕密一樣，令讀者怎麼也忘不了那頹廢華麗殘酷甜蜜的世界。

作為藝術的一門領域，文學超越了世俗的道德觀念。否則《張愛玲小說集》中的〈心經〉那樣充分發揮父女戀主題的作品，怎麼可能出於芳齡才二十三歲的女作家之筆，公開發表在孤島期上海的文學雜誌上，後來的幾十年都收錄在小說集裡，不停地誘惑一代又一代的文學少女呢？對於現實中不可以發生也不宜說出來的種種事情，文學提供合法的避難所，這一道理我是跟張愛玲學的。

在漫長的青春歲月裡，〈心經〉一直是我的聖經、避風港。有些評論家卻以「變態心理」一句話就把它一刀兩斷。究竟為何我那麼地被它吸引，連自己都不明所以。但中文裡的痴情一詞，就是指這樣沒道理的戀情吧。

後來我結婚生育，在人生階梯上，從女兒一級升為母親一級了。出乎意料的是，一整天的陣痛換來了不一樣的人生眺望。我忽然明白，從前的自己是害著女兒的疼痛，好比受傷的貓兒舐自己的傷口舐上癮一般，把〈心經〉用來當麻藥了。心理學家也說：戀父情結其實是母愛不足所造成。張愛玲不也是從小跟母親被迫分開的嗎？我自己成了母親以後，對於曾經不足的母愛，居然能夠自給自足了。

儘管如此，對類似主題的小說，我也一直關注到今天。前幾年以《本格小說》轟動了日本文壇的水村美苗，二〇一二年發表的《母親的遺產》，在報紙上的廣告文案竟然寫道：母親，妳到底什麼時候給我死掉？顯而易見，又有一個女作家，在文學提供的庇護所裡，要探討現實中絕不被許可的主題：女兒的殺母情結。她把自己跟親生母親的關係，在虛構的框架裡大膽披露、勇敢發揮。但事實之奇竟勝過小說，女作家的母親水村節子進入晚年後跟專業小說家學起文學創作來，最後由商業出版社發行了自傳體小說《高崗上的家》，全是為了阻止女兒在文學的領域裡對母親進行攻擊，甚至象徵性的殺戮。

閱讀最大的魔力，由我看來，不外是從現實的道德桎梏中解放，在心理層面上獲得平衡。但是，水村美苗的母親就追逼女兒到文學創作的領域來了，豈不是惡夢成真嗎？總之，《母親的遺產》和《高崗上的家》我都手不釋卷地一口氣看完了。

女 おんな

外省第二代的心路歷程

——在日本看朱天心《三十三年夢》

三十三年夢
中文版：印刻出版

我透過博客來郵購朱天心的《三十三年夢》，因為臉書上有很多人給它氣死。據說，文中作者把侯孝賢和吳念真分別稱為「侯子」和「礦子」的，可不是很厲害？果然，一開始看就手不釋卷，天天在上下班的中央線、南武線電車上翻開看，也拿到大學的教授會去看，引起鄰座儒學老師的好奇質問：「《三十三年夢》？是否跟宮崎滔天的《三十三年之夢》有關？」十天後終於看完，覺得實在有意思。

這本書好看在哪裡？首先，作者特別會罵人，竟把一位名女人形容為「演豬八戒不用化妝」。這叫我想起日本女作家金井美惠子。她長期在朝日新聞出版社刊行的《一本書》雜誌上連載散文「目白雜錄」，以其「毒舌」贏得了少數卻狂熱的追隨者；當二〇一五年九月，長達了十多年的連載結束時，筆者周圍好幾個書迷的表現與其說失落倒不如說失戀的樣子了。金井美惠子的名氣在日本文壇上可不小，但其作品很少被介紹到國外去，估計是她寫的句子常長到覆蓋一整頁，嚇壞翻譯者所致。其實「很好看但不容易翻譯吧」就是我看著《三十三年夢》一直心懷的感想。雖然值得翻譯成日文出版，但是要讓一般日本讀者看明白，則需要比文本還要長的注解了。

朱家姐妹和胡蘭成的關係，我過去在不同地方看到過。胡蘭成不僅是張愛玲的第一任丈夫而且是曾屬於汪精衛政權的公認漢奸。朱家姐妹是國民黨軍隊作家朱西寧的女兒，也是侯孝賢電影《冬冬的假期》之主人翁冬冬、婷婷的原型。他們之間，究竟是怎樣發生了什麼性質的關係呢？在《三十三年夢》裡，作者把自己和姐姐以及同門學姐學妹的關係以「爭寵」兩字來形容。當姐妹倆第一次赴日本，在「胡爺」帶領下，邊聽課邊遊玩東京和京都之際，芳齡分別為二十二和二十整，跟張愛玲認識胡蘭成的時候差不多。

同時，作者也寫道，她們的父親朱西寧由於邀請胡蘭成在台北住下來開課，曾被好幾個朋友劃清界限斷了交。至於受「胡爺」啟蒙的「三三」以及「小三三」分子們，則直到今天都還常被華文媒體形容為原納粹親衛隊或者當過小紅衛兵一般。但是，一九七〇年代，台灣的軍公教外省第二代還認真為「反攻大陸」成功後的建國而準備的，也就是革命仍在繼續。後來三十多年海峽兩岸以及國際情勢的變化，足夠教人覺得過去彷彿是一場長長的夢。

中國文人在京都發現唐朝遺風，我之前也聽阿城講過。可是，想一想台灣小孩冬冬和婷婷到了大學年齡就站在京都鴨川邊彼此說「唐朝是醬子吧」，還是禁不起吃驚。何況作者也寫，她在日本的神社平生第一次看到了自己姓氏「朱」字所具體指的顏色。但真正有趣的是，之後幾乎每年每季節都遊覽京都的朱天心說，她每次在日本參拜神社寺廟都祈禱：家人健康以及日本反省侵略中國。

這些年，尤其在三一一震災以後，廣大日本人對台灣的好感度直線上升。不少台灣書籍，例如龍應台的《大江大海一九四九》和《目送》、吳明益的《天橋上的魔術師》等翻譯出版。同時也有日本人寫有關台灣的書，例如乃南朝的《美麗島紀行》問世。可惜，多數日本讀者的理解就到「台灣很親日」為止。他們會明白，也願意明白，侯孝賢電影的編劇朱天文的妹妹朱天心喜歡日本，所以經常帶家人朋友來京都旅行。然而，對於她祈禱日本反省侵略中國，或者對於她丈夫把日本說成「缺乏反省能力的社會」，也每次在日本街頭看到「返還北方四島」的海報都要加一句「也勿忘南方一島」，日本人則一定會目瞪口呆，搞不好要陷入思想混亂狀態了。朱天心也寫道，她們一行在京都吃一人四千九百日圓的國產牛吃到飽，吃得「把八年抗戰的家國債給討了一些回來」，雖說屬於「毒舌」作家開的玩笑，但也足夠叫普遍單純的日本人糊塗透了。

朱天心寫道，當初是「胡爺」後來是京都吸引了她，於是重複要來日本。她在東京住大久保百人町的商業旅館，真巧，那兒離我母校新宿淀橋小學走路才十分鐘呢。她也為給「胡爺」掃墓，每次來東京都一定搭上中央線，真巧，經過我居住的國立，從臨近的立川站進入青梅線到福生青岩院去。至於京都，她則比我這個東京人熟悉多了，竟然也有稱之為「我的家」的小旅館和多年來常光顧的好幾家咖啡館。

《三十三年夢》的京都行，早期是為了尋找唐朝遺風，中期是為了尋找「胡爺」回憶。一九九一年，父親朱西寧同行，但不習慣吃既冷又鹹的日本菜，吃什麼都要蘸自己調好攜帶去的辣椒醬。一九九四年，朱天心第一次寫道「簡直想在京都待下去，不回台灣了」，顯然受了台灣政治環境變化的影響。一九九八年朱西寧去世，女兒繼承「文化中國」的責任也淡化，後來幾乎每個春節都要在京都過了。隨著台灣社會變得越來越陌生，她來日本的頻率提高，同時也開始跑中國大陸。

在《三十三年夢》裡，除了「毒舌」的講述者以外，最有意思的登場人物無疑是她女兒謝海盟。她是出櫃女同，穆斯林，亞斯伯格人，而且據她母親「有關毒物的知識特別豐富」，顯然以整個人格表明著與生活環境的格格不入，猶如朱天心本人中年以後患上了嚴重氣喘。不過，對於真人真事，我們讀者應該肅然起敬吧。作品末尾有關養病和參與動物保護運動的書寫，教我想起來了日本另一位女性小說家笙野賴子。她獲得過芥川龍之介賞和三島由紀夫賞，亦屬於「作品難以翻譯」範疇的純文學作家，但文章是挺逗的。笙野發表過《愛別外貓雜記》等幾本有關保護流浪貓的書，和以長年養病為主題的《未門病記》。

朱天心著《三十三年夢》罵人罵得很有水平之外，還是一本難得正直的關於外省第二代心路歷程的記錄。我認為，它值得翻成日文出版，即使得附上比文本還要長的注解。

我如何成為了中文作家

——二〇一五年七月十九日，香港書展演講稿

各位朋友好。

今天我演講的題目是：言論的自由港和日籍中文作家的誕生。言論的自由港，是我曾認識的香港。至於日籍中文作家，則指我本人。三十餘年前，一個日本大學生，有機緣來到香港，發現了言論的自由港，託那粒東方珍珠之福，出乎包括我自己在內所有人的意料，慢慢成為了一名日籍中文作家的。

自從英國殖民地香港回歸中國的一九九七年七月起，我

都住在東京郊外。寫作方面，卻一直主要用中文寫散文，發表在台灣和中國大陸的媒體上。這個月（二〇一五年七月），台灣大田出版社出了《旅行，是為了找到回家的路》，乃顧名思義，關於旅行的一本書。這是大田替我出的第二十四本散文集了。第一本是一九九九年出版的《心井・新井》，是早一年在《中國時報人間副刊》上連載的「三少四壯集」專欄集結而成的書。然後是二〇〇〇年的《東京人》，二〇〇一年的《櫻花寓言》和《可愛日本人》。跟著有《讀日派》、《東京時刻八點四十五》等等，每年都出一、兩本書，從來沒間斷過。結果，在十六年時間裡，總共出了二十四本。

而其中一部分，也拿到中國大陸去出版簡體字版了。最初是江西教育出版社出的三本。有《無性愛時代》、《櫻花寓言》、《123成人式》。《123成人式》好像是一本

新井一二三

櫻花寓言
新井一二三

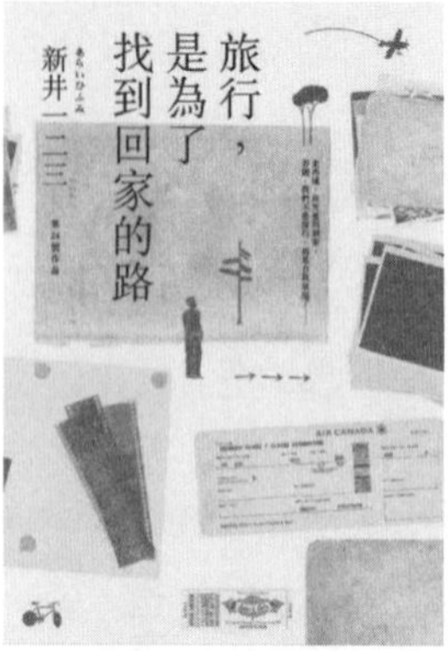
旅行，是為了找到回家的路
新井一二三

可愛日本人
新井一二三
有了新井，就有了全新的視野。
中國時報「三少四壯集」人氣專欄，
網路上討論超熱烈的精采散文。

新井一二三
東京郊外，用中文寫作的日本人
心井・新井
中國時報三少四壯集專
吳淡如
林水福
新井一二三(著)

讀日派
新井一二三

新井一二三

討人喜歡的書，也許是因為我當初為台灣兒童報紙《國語日報》寫的，比較容易懂所致。總之，在兩岸共出過三個版本了。

在中國大陸，上海譯文出版社從二〇一一年起刊行「新井一二三文集」，從第一冊《我這一代東京人》到《你所不知道的日本名詞故事》，出到了第九冊。其中最受歡迎的是，寫我從小時候到結婚成家之後，前後將近半世紀旅行經驗的《獨立，從一個人旅行開始》。大概就是因為中國在興起自由旅遊熱的緣故。

我當初怎麼也沒想到，自己這輩子會寫這麼多中文書的；畢竟我是日本人，爺爺、奶奶、外公、外婆又全是日本人。在我長大的環境裡，家裡、周圍都沒有人講中國話，更不用說看中文書、寫中文書了。這（照片一）是一九九五年，整整二十年以前，我出的第一本中文書，是在香港出版的。也就是說，我的

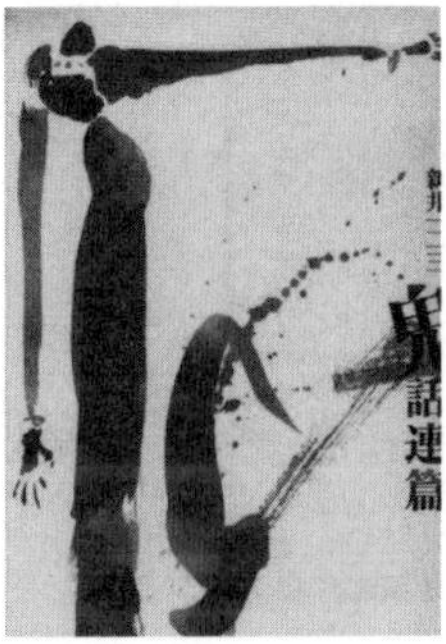

照片一

中文寫作生涯，其實是從香港這個地方開始。

來香港書展演講，我是去年第一次收到的邀請。可是，去年各方面都無法調整，沒能來。今年，又收到香港來的電郵，寫著這次的總主題是：從香港閱讀世界，一讀鍾情。我覺得特別巧。因為我自己年輕的時候，曾有過「從香港閱讀世界」的親身經驗。至於「一讀鍾情」，更不止一次了，好像有過三、四次的「一讀鍾情」促使我用中文寫作。所以，這次，我怎麼也要來講講自己的：從香港閱讀世界，一讀鍾情。

我是土生土長的東京人，一九八一年上東京早稻田大學政治經濟學系，才開始學中文。中文是我的第二外語。當年在日本，每個大學生除了英語以外，都還得學一門外語。在我們早大政治經濟學系，第二外語的選擇有：德語、法語、俄語和漢語。大多數學生，要麼選修德語或者選修法語。畢竟，自從一八六八年的明治維新以後，日本是一直向西方學現代化的；民法學法國的，刑法學德國的。另外，法國有沙特、卡繆，德國則有湯瑪斯・曼、赫曼・赫塞，因此上大學讀法語、德語，對日本學生來說是順理成章，理所當然的選擇。俄語呢，就是全世界第一個社會主義國家蘇聯的語言了，而二十世紀日本的社會科學，在很多方面都受了馬克思主義的影響。所以，大學的社會學科也一定教俄語。

結果，政治經濟學系一年級的學生，分成三十個外語班，其中漢語班只有兩個，一百名學生而已。而在那一百個學生裡面，我偏偏是唯一的女學生，百分之一。這麼一來，老師每次進教室來，都很自然地找找我在不在。班上唯一的女學生是沒辦法曠課，也沒辦法偷偷睡著的。所以，雖然是一個星期只有兩堂課的第二外語，我非得認真學習不可了。

好在我跟漢語普通話，顯然很有緣分，從第一次上課開始，我對它很有好感，非常喜歡。最初，我主要覺得有聲調的語言很好玩，聽起來悅耳，說起來又跟唱歌一樣令人高興。可以說，我發現學中文帶來感官上的快樂。那是第一次的「一讀鍾情」，或者說「豔遇」吧。

我們的導師是日本很著名的音韻學家藤堂明保先生（照片二）。他非常厲害，中國各地的方言，幾乎全都聽得懂。而且他也會看中國古代的甲骨文，上課時，在黑板上用粉筆寫給我們看。現在，日本書店還賣著藤堂老師生前編的學習研究社版漢和詞典。由那樣優秀的老師教第二外語，非常難得，特別奢侈。要不是在一九七〇年東京大學的學生運動中，藤堂老師支

照片二

持學生提交了辭呈，他也不會來私立大學客座。

那些年頭，上外語課是老師帶錄音機來，課堂上放卡帶的。藤堂老師放卡帶，讓我們聽的第一首中文歌曲，我至今仍記得特別清楚，就是革命電影《白毛女》的主題曲〈北風吹〉。現在回想，滿有歷史感的。那是一九八一年，中國共產黨已經開過第十一屆三中全會，鄧小平帶領的改革開放起步了。但是，在日本等海外地區，中文老師、漢學家們對中國的觀念，還沒有那麼快地從文化大革命時代轉變過來。藤堂老師也介紹我去日中學院補習中文，在那兒日本學生們唱的中文歌曲，仍然是歌頌毛澤東的〈草原上升起不落的紅太陽〉，或者〈游擊隊之歌〉等抗日戰爭歌曲。

當年，東京飯田橋的日中學院是由藤堂老師當院長的，

北風吹

意識形態上，認同於中國共產黨當家的中華人民共和國。好比台灣的中華民國在世界上不存在一樣。黑板上面掛著主席和總理，即毛澤東和周恩來的肖像，下面貼的細長紙條上寫著：學好中國話，為日中友好發揮橋梁作用。在那年代的日本，中文不只是單純的一種語言，它還代表政治立場。學中文也是多多少少具有政治色彩的活動。在日中學院，我上了一週三次的晚間課程。多半的同學是白天上班的社會人士，他們大多屬於日本的嬰兒潮一代，年輕時候參加過一九六八到七〇年的學生運動，有的還作為日本青年代表，去過文化大革命中的中國串聯。

我開始出入日中學院的時候，才十九歲，對日本和中國之間的歷史，知道得還非常少。根本不曉得，我們上課用的老校舍，當時的正式名稱為善鄰學生會館，現在則叫做日中友好會館了。其實最初一九三〇、四〇年代，它曾經屬於當年的滿洲國政府，給滿洲國旅日學生住的地方（照片三）。所以，門口很像中國的城門，有好比隧道一樣，黑洞洞的一條通道。戰後，滿洲國解體，有不同背景的中國學生來入住。文革時期，因為有日共學生和反日共學生之間的對立，發生過武鬥流血案件，乃所謂的善鄰學生會館事件。今天在日文維基百科全書上都查得到。

我們在早稻田大學、日中學院學的中文，是中國大陸式的普通話。課本是橫排簡體字寫的，但初級班的教學，主要靠漢語拼音。那是非常好的教學方法。否則，日本人受日本漢字讀音的干擾，無法掌握標準、正確的普通話發音。那個劃時代的教學方法，是從曾在東京大學、京都大學教書的倉石武四郎老師開始的，他有岩波書店出版的自傳《中國語五十年》（照片四）。他創始的倉石中國語教室是日中學院的前身，我當初用的《岩波中國語詞典》（照片五）就是由他編寫，一九六三年出版的。

照片三

照片四

至於日中學院的老師們，有日本籍老師，也有中國籍老師，還有一些馬來西亞來的華人老師。我後來才慢慢明白，中國籍的老師們，其中至少有一部分是中日混血兒；一九五〇年代中期，他們家族為了貢獻社會主義建設而回到祖國去，經歷了反右鬥爭、大躍進、文化大革命等等，一九七二年日中兩國建交，七八年簽了友好條約以後，又低調地回日本來。更傳奇的是，那些中國籍老師的家鄉，往往也不在大陸，而在台灣。也就是說，一九四五年以前，從當年的殖民地台灣到宗主國日本讀書、工作的人，共產黨在大陸勝利以後，為響應周恩來總理向海外僑胞的呼籲，舉家從神戶坐船去了未曾見過的祖國。

一九八二年，大學二年級的夏天，我平生第一次出國，從成田機場坐中國民航班機，去北京參加了當年位於阜成門外的華僑補習學校，剛開始為外國學生舉辦的漢語班。當年的北京，跟當年的東京非常不同，跟今天的北京也完全是兩回事。

照片五

那是社會主義的中國。北京街頭根本還沒有私家車。公家車、出租汽車也很少。中國人說的「車」還是自行車，果然沒有空氣汙染的問題。我記得，晚上在黑洞洞的長安街上，當年為數不少的待業青年們，踢足球打發時間。待業是社會主義用詞，因為在計畫經濟下，工作是由國家分配的，按道理不可能存在失業問題，所以那些沒有工作的年輕人，也不可能是失業者，只是在等待工作而已，所以被稱作待業青年。現在講起來，很有貝克特的《等待果陀》一般的荒謬感。我後來跟中國打交道，常常遇到荒謬的事情，但是實在太有意思了，教我戒不掉。

當時的北京人，個個都高瘦苗條，應該是攝取的卡路里偏低所致，不過確實很好看。我當時覺得：北京的帥哥比東京的帥哥多三倍。很可惜，一九九〇年代以後，他們一個一個地發福了。一九八二年的北京，還沒有賣牛仔褲，大家都穿著綠色、卡其色的軍裝。在酷夏的北京待的四個星期，好玩嗎？很難說。生活條件夠艱苦，氣溫高達三十五度都沒有冷氣。再說，外國人的活動自由處處受限制：記得北京郊外盧溝橋一帶，還是不給外國人開放的，有解放軍戰士警衛的崗亭（照片六）。儘管如此，我天生好奇，對中國人的生活很有興趣。跟當地的年輕工人一起去北海公園划船啦，走走景山啦，覺得很開心。去埋葬明朝皇帝的十三陵，無意間摘下了樹上結的小蘋果，被警衛的士兵開條子罰五塊錢的時候，則提心吊膽，才認真擔心被關起來不能回國了該怎麼辦。

四個星期的進修結束後，我跟團去了上海、蘇州、杭州，在那兒發現了溫柔優美的江南文化，和雄壯男子氣的北京文化又很不一樣。我當時就決定：下次一定要來上海好好玩。於是第二年，真去了一個星期的上海自由行。在南京路華僑飯店的

照片六

咖啡廳，認識了幾個當地年輕人，跟他們一起玩耍幾天，留下了難忘的青春回憶。

我在早稻田大學的專業是政治學，可是大學的四年時間裡，學中文花的時間更多。最初，我很喜歡漢語聽起來很美麗，說起來又跟唱歌一樣舒服。後來，我都喜歡上看中文了。當年用的是，左邊印著簡體字，右邊印著漢語拼音的閱讀教材（照片七），是日本出版的。那樣子，遇到了生詞，按照羅馬拼音去查倉石老師編的中國語詞典較為容易。我就那樣子看了魯迅《吶喊》裡的作品，〈阿Q正傳〉、〈孔乙己〉、〈藥〉、〈明天〉、〈祝福〉等等，還有老舍的《駱駝祥子》、巴金的《家》。那些小說，我覺得非常好看，甚至看著面部發熱，心臟則撲通撲通跳起來，身體反應簡直跟談戀愛一般。

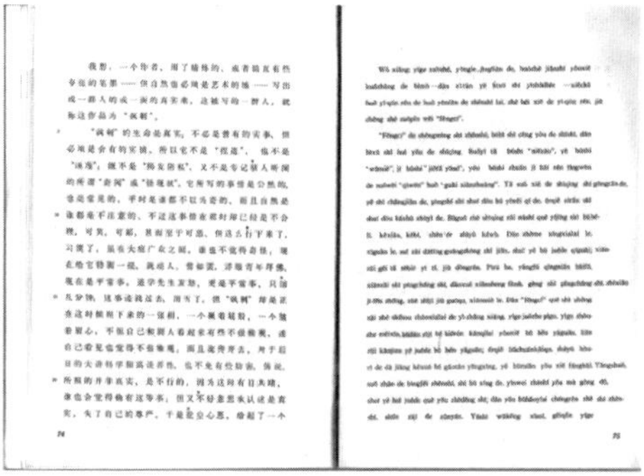

照片七

儘管如此，魯迅作品等五四文學描寫的世界，離我的現實生活很遠。而且很多作品揭發舊社會的黑暗面，連續看了幾本以後，不能不覺得心情沉重了。我後來開始用中文寫作，是因為有了另一次的豔遇，發現了另一種中文的緣故。

那該是一九八三年底吧。我在日中學院旁邊的中華書店看書，正巧有馬來西亞出身的陳志誠老師走進來，問我：新井妳知不知道這本雜誌？那是香港出版的《七十年代》月刊，一九八三年的十月號。我之前沒看過那本雜誌，但既然是老師介紹的，當場就買一本要看看。在回家的地鐵東西線上翻閱：果然香港雜誌跟中國大陸的雜誌報紙很不一樣。

首先在形式方面，是直排繁體字寫的。還好，那跟我從小熟悉的日文比較像。其次，在內容方面，也非常不一樣。

七十年代

《七十年代》是以中國政治為主要內容的雜誌。不過，在那一期的文章裡，叫我看得最興致勃勃、津津有味的，倒是已故歌星John Lennon的華人同居女朋友寫的手記：〈我與約翰・藍儂的一段情〉。她好像最初做Lennon家的祕書、保母，後來成了日本太太小野洋子都默認的女朋友。我不知道那文章寫的是真的還是假的，總之非常有趣，教我手不釋卷就是了。之前，我看過的大陸書籍和雜誌，內容都正經八百，《北京晚報》算是最俗的，畢竟當時的中國還相當社會主義。我完全沒想到，買本香港雜誌，就可以接觸到John Lennon的緋聞，而且是其他日本人不知道的。

就那樣，我發現了：中文不一定需要跟政治有關、中文的言論也可以自由。也就是，中國作家阿城後來在《閒話閒說》裡所說的「市井文化」吧。今天說起來，聽起來，都太理所當然了。但那還是冷戰時期。我們在日中學院學唱的是四個現代化的〈我們的明天比蜜甜〉，而不是鄧麗君的〈甜蜜蜜〉，跟John Lennon、小野洋子和華人女朋友之間的三角關係，距離多遠呢。我真得謝天謝地，也得謝謝馬來西亞來的陳老師。他幫我對海外華人的市井文化打開了眼界。那成了我對中文又一次的豔遇，一讀鍾情了。

然後，我看連續幾期的《七十年代》雜誌而知道，中國和英國關於香港前途的談判當時正在進行中。政治學本來就是我的專業，而恰好要決定畢業論文題目的時候了，於是我決定來香港找找資料。一九八四年春天，我平生第一次踏足於香港。

當年，日中學院有位老師和一位學長，都是相當忠實的香港迷。老師是後來在華南師範大學教了多年日語，回日本後出版了廣東話會話課本的高木（永倉）百合子老師，學長則是研究香港客家文化，從東京大學獲得了博士學位的人類學家瀨川昌久先生，現為東北大學教授。他們給我介紹了一本書，叫《香港旅遊雜學筆記本》（照片八），是一九四七年出生的日本散文家山口文憲，從一九七六年到七七年，在香港旅居一年時寫下的所見所聞，包括粥麵專家、燒肉飯店的菜單和茶座賣的點心種類等。因為我老家日本的伙食，除了米飯外就以蔬菜和海鮮為主，從小對肉類有強烈的憧憬；因此沒來香港之前，我經山口文憲的啟蒙，早已憧憬嚮往燒肉飯、叉燒包等等香港風味了。

那種生活化、趣味性很高的書，關於中國大陸或者台灣，當時都還沒有、也還不可能有的。這跟當地社會開放的程度，以及言論自由的狀況，都有密切的關係。《香港旅遊雜學筆記本》的作者山口文憲，當年可以說是無業遊民。他曾在日本從

照片八

事反對越南戰爭，幫助美國兵逃跑的市民運動，還被警察抓過。他有次替一家報社訪問陳美齡，才對她的故鄉香港發生了興趣。當年的香港政府，顯然不介意讓這樣的日本年輕人長期居留下來。但那在大陸和台灣，都還是不可能的，因此《中國旅遊雜學筆記本》或者《台灣旅遊雜學筆記本》之類的書，也不可能出現。對我這一代的日本香港迷來說，山口文憲所發揮的啟蒙作用非常大。一九八四年春天第一次來香港，我是帶著他的書降落於啟德機場，以前已經預習好：為飛機駕駛的安全著想，香港的廣告牌、霓虹燈是不准明滅的。

今年香港書展的總主題，前一半是「從香港閱讀世界」。這恰恰就是我本人的經驗。到了香港，街頭的報攤上，除了很多種當地出版的中英文報紙、雜誌以外，還有左派和右派，也就是傳播共產黨觀點和國民黨觀點的刊物。我覺得特傳奇，因為當年在日本，在「一個中國」的外交原則下，中國民航的飛機和台灣華航的飛機，是不能同時停在同一個飛機場的。所以，我們去中國，要從成田機場起飛，去台灣，則要從羽田機場起飛。可是，在彈丸之地香港，當年只有一個啟德機場，而好像誰也沒有意見的樣子。香港的報攤也一樣左右逢源。對那一點，也就是對香港的言論自由，我的印象特別深刻。

同一年，即一九八四年的夏天，我也第一次去了一趟台北。蔣介石從大陸撤退去台灣以後，一九四九年下的戒嚴令，三十五年以後，還沒有解除。在台灣，每一輛公共汽車上，都貼著中華民國政府的公告說：揭發共匪。我心中很害怕，因為我之前去過中國，在護照上蓋著大陸的簽證，會不會被誤會是共匪呢？當時的台灣人不能看大陸報紙不在話下，連魯迅的作品都還算是禁書的。所謂報禁之下，台灣人不能自由開辦報社，根本談不上言論自由。當年台灣雖然屬於西方資本主義陣營，經濟上也比大陸富裕得多，但是政治上還沒有開始走民主之路，而且當年仍堅持著大中華民國的觀念，地圖上中華民國的首都還是南京，在北京的位置上沒有北京，而只有「北平」的。當被台灣人問道：妳在哪兒學的中文？我不知道是否可以回答說「北京」，還是應該說「北平」？

我平生第一篇中文文章，是登在一九八四年七月號《七十年代》雜誌的「日本全共鬥時代的激進女學生」。那是我本來用日文寫，發表在校園雜誌上的；香港編輯知道後叫我翻成中文給他們看。第一次用中文寫三千字，雖說是把自己的文章翻譯過來的，還是覺得滿辛苦，很為難。刊在雜誌之前，有很多地方被修改。總之，現在回想，那時候，我開始走上中文作家的路了。

日本全共鬥時代的激進女學生

日本全共斗時代的激進女學生

從一九八四年九月到八六年七月，我以公費生身分，到中國留學兩年，拿的是中國教育部發的獎學金。第一年在北京外國語學院學習現代漢語，第二年則轉學到廣州中山大學去讀中國近代史。那兩年，每次學校放假，我就揹著背包去各地旅行。從北京到東北、內蒙古、當年的蘇聯邊境滿洲里、新疆絲綢之路、青海、西藏、四川、雲南、長江三峽、蘇杭、福建、潮州、深圳、珠江三角洲、海南島等等，我的中文是那兩年在中國大陸的長途火車、輪船上，通過跟各地老百姓的交談中學到、磨練出來的。我都偶爾把旅途上的所見所聞寫成文章跟自己拍下來的照片一起郵寄給香港雜誌發表，例如〈滿洲里去來〉、〈上海的查理〉等，後來收錄於《東京人》一書裡。

當年中國，改革開放剛開始不久，外國人所謂的Bamboo

Curtain即竹簾，還沒有完全拉開。允許外國人訪問的開放城市，還不是很多。再說，冷戰時期，來中國的外國人，要麼是東歐、柬埔寨、北朝鮮等社會主義國家，或者非洲、巴勒斯坦等第三世界來的人民。香港、台灣的記者仍不能正式去大陸採訪報導的。北京街頭還根本沒有韓國人、台灣人。我估計，因為有那麼個時代背景，一個外國留學生的所見所聞，才會具有哪怕一點點新聞的價值吧。

在那時代的中國，由政府看來有政治問題的作家，還一律遭禁止的，包括一九三〇年代，上海孤島時期的文壇女王張愛玲，因為她有一段時間跟大漢奸作家胡蘭成有夫妻關係。我至今仍記得，好像在廣州中山大學念書的時候吧，有一次坐夜船下珠江，來香港要玩上一個週末，碰巧走進了位於灣仔的天地圖書公司，偶爾翻開看了張愛玲小說而受到的巨大震撼。對張愛玲的驚豔，相信很多人都有過吧。她展開的文學世界，即使由日本大學生看來，都太華麗、太黑暗、無法抗拒，簡直像鴉片。那就是我對中文的又一次豔遇，又一次的「一讀鍾情」。

我從中國回到日本以後，出了第一本日文著作《中國中毒》（照片九）。一九八七年三月從早稻田大學畢業，同年四月當上《朝日新聞》記者，在仙台跑了警察局、法院、入管局等，可是短短半年以後就交了辭呈，到北美尋找自我去了。有一段時間，我在多倫多郊外的約克大學攻讀政治學的研究生院，有段時間則在安大略湖邊加拿大皇家銀行大樓裡的東京銀行工作，但是都不和自己的個性，最後還是回到傳媒界來，用日文、英文、中文，寫稿餬口過日子了。我在加拿大的主流媒體《Toronto Star》上發表散文，也寫稿子寄給日本雜誌如《思想的科學》。至於中文文章，則寄到香港雜誌去了。

一讀鍾情

常有人問我：一個日本人，為什麼用中文寫作？我最初說，寫文章就是寫文章，人家要我用日文，我就用日文寫；人家要我用英文，我就用英文寫；人家要我用中文，我就用中文寫罷了。但從市場的角度來看，當初一九八〇、九〇年代，用中文寫作的日本人少到幾乎沒有，所以我用中文寫，需求反而最多。另外，從我自己的角度來說，中文是外語，寫起來，不可能像母語那樣流暢快速。反之，需要去找一個接一個合適的詞串下去，猶如串珠鍊，猶如寫詩歌一樣。那感覺，給我帶來創作的樂趣，乃寫日文時感覺不到的。

從一九八七年底到九四年初，我居住於加拿大多倫多。當時那裡共有五個唐人街，有講台山話的老華僑，從香港、台灣去的新移民，也有從中國來的留學生。他們彼此間，背景不

照片九

一樣，政治上的認同、說話的口音也各有各的，但是大家吃的都是中國菜，於是都到唐人街買菜，而且順便買中文報紙、雜誌。報紙的話，他們買北美刊行的中文報，因為新聞講新鮮。雜誌呢，則要買香港出版的了。好比是東京的馬來西亞華人買香港雜誌一樣，北美的中國人、華人都看香港雜誌取得關於中國政治經濟等等的信息。香港報刊的讀者，在南洋、在日本不在話下，遠在北美、歐洲、澳洲、紐西蘭都有，當年簡直分布於全球，因為全球每個地方都有中國人、華人看中文雜誌。

一九九〇年代初，我在加拿大每個月寫一篇中文文章，寄到香港去發表。神奇的是，我最初用航空信件郵寄過去，後來用傳真發過去的文章，兩、三個星期以後登在香港出版的雜誌上，再過幾天，不僅我本人在多倫多公寓的信箱裡收到，而且在唐人街的書店都出售了。當時在多倫多大學、約克大學的留

學生宿舍裡，一份香港雜誌在好幾十個中國留學生、華人留學生之間傳閱。結果，我在多倫多唐人街，不知幾次遇到過專欄的讀者，是因為我的名字有點特別，很容易被別人發現所致。另外，香港編輯部轉來的讀者來信，有匈牙利布達佩斯的漢學家寄來的，也有東馬婆羅洲，熱帶雨林裡的華人橡膠園主寄來的。通過一份香港月刊上的小專欄，我說，在世界很多國家都擁有了讀者，可是一點也不誇張。一九九〇年代末，網際網路普及之前，那可是一件非常不簡單的事情。而對一個寫作者來說，直接聽到讀者的反應是無比大的回報。我對中文寫作逐漸上癮，戒不掉，恐怕最大的原因是這一點：到處都有讀者。

我離開加拿大以後，從一九九四年四月到九七年七月，在殖民統治末期的香港居住了三年三個月。在那段時間裡，我除了給日本媒體寫稿件之外，還替《星島日報》、《信報》、

《明報》、《蘋果日報》等等香港報紙，寫過專欄。在全世界，當年香港無疑是報紙種類最多的城市，而且每份報紙每天刊登好多個專欄，所以香港也應該是全世界專欄作家最多的地方了。住在香港的一九九五年，我出了第一本中文書。記得當時有個香港作家告訴我說：香港作家協會的入會資格是，至少出過兩本書，因為在這裡，出過一本書的舞女、吧女特別多。不知道是真的還是假的，總之我至今都印象深刻。

一九九七年七月香港回歸中國，同一個月我也回到日本去了。這之後的六、七年時間，我大體上為台灣報紙、雜誌寫中文文章。最初在《中國時報》的「人間副刊」上寫了前後三年的〈三少四壯集〉，後來也在《中央日報》、《自由時報》、《國語日報》、《聯合報》以及多份雜誌上寫過專欄。並且從一九九九年起，我以每年一、兩本的創作量，由台灣大田出版社刊行散文集。

由於歷史因素，台灣讀者對日本事物很有興趣，而且對日本事物有興趣的台灣讀者又非常多。日本時代過來的老年人有懷舊的心情。戰後長大的一代，則對父母、祖父母時代的台灣抱有很強烈的好奇心，恐怕是因為他們曾經被禁止知道日治時期的歷史。例如電影《海角七號》的魏德聖導演，我跟他對談以後才真正明白：他對日本的興趣其實完全來自他對台灣歷史的興趣。我二〇一〇年出了一本台灣專書《臺灣為何教我哭？》，是獻給魏德聖導演的。

跟台灣人比較，香港編輯和讀者對我的期待和要求是很不一樣的。我首先在雜誌上開的專欄叫「東西方」，給《星島日報》寫的第一個專欄則叫「邊緣人」。估計因為香港是移民城

臺灣為何教我哭？

市，大家對我漂泊世界，在文化和文化之間生活，從比較文化的角度觀察世界，感到興趣。

因為台灣讀者的要求水平非常高，所以三十五歲回歸日本以後，我也儘量多看有關日本文學、歷史、社會等等的書，以便給台灣的日本通讀者們提供新鮮的話題和深刻點的見識。那也幫助了我在海外漂泊了共十二年以後，補一補關於故鄉日本的知識了。後來有位北京編輯誇我說：新井，妳不僅是個中國通，而且對日本社會文化又了解得很深啊；教我好得意。因為作為外國人，我的中文不可能比中國作家好，所以了解日本後來成了我作為專欄作家的特點、優勢。

進入了二十一世紀後，居住北京的老上海文人沈昌文先生，也就是前三聯書店總經理、《讀書》雜誌主編，來封航空郵件，說他常看我在台灣《中國時報》上寫的文章，並且介紹我給上海《萬象》月刊寫文章。作為對大陸讀者的自我介紹，給他們寫的第一篇文章《我這一代東京人》，標題是從陳冠中先生的《我這一代香港人》借來的。後來《萬象》由北京的花生文庫接下來，繼續跟我約了幾年稿。我在《萬象》上發表的文章，在中國大陸，尤其在出版界，獲得了不少讀者。

中國讀者對日本的興趣，跟台灣又很不一樣的。中年以上的中國人，視日本為社會現代化、經濟發達與沒落的先行者，所以對戰後日本社會的起落轉變，尤其對房地產以及股市泡沫破裂的始末，很有興趣。年輕一代中國人也就是八〇後，是在已經富裕起來的中國社會長大的，他們對日本大都會的生活方式，包括飲食和旅行，很感興趣。可以說，國家富起來了，年輕人才願意在生活方式方面花時間、精力和金錢的。恰好飲食和旅行是我這些年來下過功夫的課題。我本來就是非常喜歡旅行的，從十五歲起就一個人去各地旅行，二十二歲到三十五歲則基本上都在旅途上過的日子。後來回日本生了兩個孩子，活動不大方便了，於是改變策略，這回把精力轉移到烹調，尤其是世界料理，積累了將近二十年的研究。所以，我跟大陸的年輕讀者和記者、編輯們，都很有共同的話題。三年前，我去上海復旦大學和北京大學演講，見到許多年輕中國讀者，真是喜出望外。

還有一點，我當初想不到的是，我寫一九八〇年代改革開放初期的中國，大陸讀者們不分男女老少都相當喜歡。估計有兩方面的原因：一方面，從別人的角度看自己，會有看三面鏡一般的效果；另一方面，因為當年中國通訊不發達，即使是中國人都不一定知道在不同的地方或者在外國人的生活圈子中發生了什麼樣的事情。例如，一個外國留學生跟當地一名工人相約，男的會說：「我有糧票，你有錢嗎？」或者說，外國專家和公費留學生能把人民幣當外匯用的白卡，可說是歷史紀念品了。

二〇〇〇年以後，我的中文寫作全都用電腦了，因為我雖然會看繁體字，但是寫得不大好。結果，用手寫出來的漢字既像簡體字又像日本漢字，或者說人不是人馬不是馬，總之教台灣編輯摸不著頭腦要抓狂。我記得那編輯叫劉克襄，現在是大作家了。教他抓狂的是日本明治時代的大作家幸田「露伴」，應該是「以雨露為旅伴」的意思吧，可是給我寫出來，倒成了「露體」，簡直像個變態老頭似的。那次的事件成了我改用電腦打中文的契機。我學中文是從一開始就學漢語拼音的，所以用鍵盤打拼音一點也不費事，根本不需要訓練的。然後，有一天，我忽然發覺，用繁體字打出來的文章，按個鍵盤就能轉換為簡體字，相反亦如此。我受到的感動，好像在台灣海峽上飛了直航班機一樣。

從二〇一一年起，上海譯文出版社刊行「新井一二三文集」出到第九冊。廣州《南方都市報》的專欄則從二〇一三年到一四年，寫了一年多。現在，我還在上海《東方早報》辦的網路媒體《澎湃》上，每月定期寫專欄。同時在台灣的《中國時報》、《聯合報》、《自由時報》上也偶爾發表些文章。因為我現在也在大學教中文了，所以為了給日本學生看，我也用日文寫文章發表。但是，就市場需求來說，對我用中文寫作的需求始終壓倒日文的稿約。

我的中文寫作，是從英國殖民地香港開始的。當初，只知道《人民日報》和《北京晚報》的日本大學生，受南洋華人老師的啟蒙，翻開香港雜誌，發現了通往全世界華人社區的道路。後來，更有幸能夠自己用中文寫文章，在香港雜誌上發表，出乎意料的，與全球華人讀者接觸。後來在台灣出版一本又一本中文書，不知不覺之間，成了一名日籍中文作家，而帶著台灣出版的書，飛越海峽，竟然回到中國大陸去了。

當我聽到這次香港書展的主題：「從香港閱讀世界，一讀鍾情」的時候，馬上就想起：在早稻田大學的課堂上，跟藤堂明保老師學起中文感到的興奮；查著倉石武四郎老師編的岩波中國語詞典，看魯迅小說感到的心跳；在東京地鐵上，看John Lennon的華人女朋友寫的手記時，自己多麼地興致勃勃；然後，在香港灣仔的天地圖書，第一次買到台灣皇冠版的《張愛玲小說集》時，衷心感到的震撼。

其實，我一九九七年回日本以後，十多年都沒有重訪香

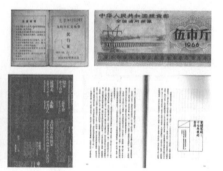

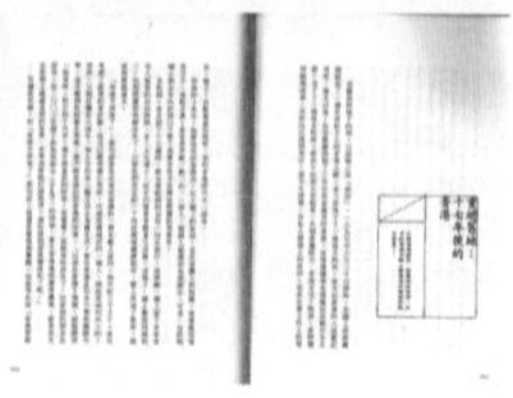

港。然後，二〇一四年九月到十月，天天在電視上和網路上看到香港的狀況，對這座城市另眼相看了。回歸中國以後的十多年時間裡，香港顯然培養出來一批很有思想和行動能力的年輕人。我有親身的記憶：一九八〇年代的香港，曾是在兩岸三地之間，唯一言論自由的地方。當年香港不僅是經濟貿易上的自由港，而且在言論方面也是名副其實的避風塘。否則，全世界各大學的留學生宿舍裡，不會有那麼多中國人、華人留學生傳閱香港雜誌。我一個日本人，在香港被賦予了成為中文作家的機會。對此，我永遠很感激，並且衷心希望今後的香港，會繼續是言論的自由港。

我的演講到此為止，謝謝各位朋友的傾聽。

國家圖書館出版品預行編目資料

東京閱讀男女 / 新井一二三著 . ——初版——臺北市：大田，2016.04
面；公分 . ——（美麗田；152）

ISBN 978-986-179-439-6（平裝）

861.2　　104029016

美麗田 152

東京閱讀男女

新井一二三◎著

出版者：大田出版有限公司
台北市 10445 中山北路二段 26 巷 2 號 2 樓
E-mail：titan3@ms22.hinet.net http：//www.titan3.com.tw
編輯部專線：（02）2562-1383 傳眞：（02）2581-8761
【如果您對本書或本出版公司有任何意見，歡迎來電】
法律顧問：陳思成

總編輯：莊培園
副總編輯：蔡鳳儀　執行編輯：陳顗如
行銷企劃：張家綺
校對：金文蕙 / 新井一二三 / 黃薇霓
印刷：上好印刷股份有限公司（04）23150280
初版：2016 年（民 105）4 月 1 日 定價：280 元
國際書碼：978-986-179-439-6 CIP：861.2/104029016

From：地址：________________________

姓名：________________________

廣告回信
台北郵局登記證
台北廣字第01764號

平信

To：**大田出版有限公司（編輯部）收**

地址：台北市 10445 中山區中山北路二段 26 巷 2 號 2 樓
電話：(02) 25621383　傳真：(02) 25818761
E-mail：titan3@ms22.hinet.net

＊請沿虛線剪下，對摺裝訂寄回，謝謝！

大田精美小禮物等著你！

只要在回函卡背面留下正確的姓名、E-mail和聯絡地址，
並寄回大田出版社，
你有機會得到大田精美的小禮物！
得獎名單每雙月10日，
將公布於大田出版「編輯病」部落格，
請密切注意！

大田編輯病部落格：http：//titan3pixnet.net/blog/

智慧與美麗的許諾之地

讀 者 回 函

你可能是各種年齡、各種職業、各種學校、各種收入的代表，
這些社會身分雖然不重要，但是，我們希望在下一本書中也能找到你。
名字／＿＿＿＿＿＿ 性別／□女 □男　出生／＿＿＿年＿＿＿月＿＿＿日
教育程度／
職業：□ 學生□ 教師□ 內勤職員□ 家庭主婦 □ SOHO族□ 企業主管
□ 服務業□ 製造業□ 醫藥護理□ 軍警□ 資訊業□ 銷售業務
□ 其他＿＿＿＿＿＿＿＿＿＿＿＿＿
E-mail/＿＿＿＿＿＿＿＿＿＿＿＿ 電話／＿＿＿＿＿＿＿＿
聯絡地址：
你如何發現這本書的？　　　　　　　　書名：東京閱讀男女
□書店閒逛時＿＿＿＿書店 □不小心在網路書店看到（哪一家網路書店？）＿＿＿＿
□朋友的男朋友(女朋友)灑狗血推薦 □大田電子報或編輯病部落格 □大田FB粉絲專頁
□部落格版主推薦＿＿＿＿＿＿＿＿＿＿＿＿＿
□其他各種可能 ，是編輯沒想到的＿＿＿＿＿＿＿＿＿＿＿
你或許常常愛上新的咖啡廣告、新的偶像明星、新的衣服、新的香水……
但是，你怎麼愛上一本新書的？
□我覺得還滿便宜的啦！ □我被內容感動 □我對本書作者的作品有蒐集癖
□我最喜歡有贈品的書 □老實講「貴出版社」的整體包裝還滿合我意的 □以上皆非
□可能還有其他說法，請告訴我們你的說法

＿＿＿＿＿＿＿＿＿＿＿＿＿＿＿＿＿＿＿＿＿＿＿＿＿
你一定有不同凡響的閱讀嗜好，請告訴我們：
□哲學 □心理學 □宗教 □自然生態 □流行趨勢 □醫療保健 □ 財經企管□ 史地□ 傳記
□ 文學□ 散文□ 原住民 □ 小說□ 親子叢書□ 休閒旅遊□ 其他 ＿＿＿＿＿＿＿＿
你對於紙本書以及電子書一起出版時，你會先選擇購買
□ 紙本書□ 電子書□ 其他＿＿＿＿＿＿＿＿＿＿＿＿＿＿
如果本書出版電子版，你會購買嗎？
□ 會□ 不會□ 其他＿＿＿＿＿＿＿＿＿＿＿＿＿＿
你認為電子書有哪些品項讓你想要購買？
□ 純文學小說□ 輕小說□ 圖文書□ 旅遊資訊□ 心理勵志□ 語言學習□ 美容保養
□ 服裝搭配□ 攝影□ 寵物□ 其他 ＿＿＿＿＿＿＿＿＿＿＿＿
請說出對本書的其他意見：

＊請沿虛線剪下，對摺裝訂寄回，謝謝！